我是漫畫大王

僕はマンガ達人

胡杰——著

島田莊司——講評

玉田誠——導讀

關於「島田莊司推理小說獎」

華文世界近年來掀起了一股推理小說的閱讀風潮，大量日本、歐美的推理作品被譯介出版，也深受讀者喜愛，但以華文創作的推理小說相對來說卻仍然偏少。皇冠文化集團為了鼓勵華文推理創作，並加深一般大眾對推理文學的討論與重視，特別徵得日本本格派推理大師島田莊司先生的同意與支持，舉辦兩年一屆的「島田莊司推理小說獎」。

這項跨國合作舉辦、堪稱全亞洲空前創舉的推理小說獎，自舉辦以來，不但獲得日本、台灣、中國大陸、東南亞等各地讀者和媒體的高度重視，甚至將觸角擴展到了歐洲，成功地將華文推理創作推向另一個新的里程碑。

誠如島田大師的期待：「向來以日本人才為中心的推理小說文學領域，勢必將交棒給華文的才能之士，我可以感覺到這個時代已經來臨！」我們也希望透過這項小說獎，吸引更多作家投入推理創作，一起將華文推理推廣到世界各個角落。

推薦序

神似莫比烏斯環的詭計迷宮

（本文涉及謎底與部分詭計，請在讀完全書後再行閱讀）

推理評論家／玉田誠

第三屆島田莊司推理小說獎入圍作品之一的《我是漫畫大王》與過去入圍作品的風格有些出入。讀者一定會注意到，它並非依循本格推理小說典型結構展開的作品——故事開頭的悲劇交代完畢後作風一轉，作者開始以一般小說的手法鋪陳兩條故事線。

本作當然也有本格推理範疇內的殺人事件，但之後並沒有刑警或偵探登場，拼湊線索解決事件。既然偵探缺席，讀者只能自己從作者提供的事件中挖掘謎團，並加以解決。凡是浸淫在本格推理世界中的讀者，一定能在俯瞰故事開頭案件現場時，「發現」其中存在著必然屬於本格推理範疇的謎團。沒錯，那就是密室。密室這個情節要素的巧妙運用，可說是本作的一大魅力。

在作品當中，作者並沒有明確提示讀者「密室即謎團」。然而，主動將密室視為謎團的讀者一定會在閱讀的過程中漸漸感覺到不對勁。那正是作者埋藏在本作結構當中的意圖。他算是要讓讀者以密室為「鑰匙」，揭露故事底蘊中那股不自然的真面目。不過這把「鑰匙」不能以普通的方式運用，它甚至還有封住鑰匙孔的效果。讀者究竟能不能順利運用這把鑰匙，看破密室深處隱藏的詭計，找出真相呢？既然偵探缺席，讀者就只能完全靠自己了。

現代本格推理是在小說家以詭計較量、分優劣的過程中發展而成的，因此技巧的複雜化可說是此文類的宿命。然而，我們要是挑出眾多名留青史的傑作來看，例如島田莊司的《占星術殺人魔法》和開啟新本格黎明期的綾辻行人的《殺人十角館》，便會發現支撐整個故事的詭計其實單得令人吃驚。

單純，詭計的方向性才會變得明確，讀者受騙時的衝擊才會增強，然而要構思出單純的詭計當然是很困難的作業。首先，這個撐起故事的詭計必須是嶄新、前人不曾想到的。還有，作者在展開故事時，也須避免讓讀者憑直覺輕易識破機關。要做到這些，作者就一定要發揮構想力，埋下細膩的伏筆，運用誤導讀者的技巧。《我是漫畫大王》便是一部作者的大膽構想在細膩技巧輔助下昇華而成的作品，讀完最後一句的瞬間，你可能會感受到本格推理名作皆具備的「機關式」的魅力，陶然忘我；你也可能會啞然無言，不知所以然——我要再次強調，這是偵探缺席的作品，因此你會有什麼反應就全依你的閱讀力而定了。諸位讀者，請你們切勿大意，我也衷心希望你們能平安地從那神似莫比烏斯環的詭計迷宮歸來。

獻給我的祖母胡人和女士（一九一三—一九八二）

目錄

如果，我的童年可以重來一遍，
那該有多好……

第十二章

一個豔陽高照的星期六。

下午三點半鐘。盧俊彥外出時，遇見住在對門的鄰居。

鄰居一派休閒打扮，左手拎著一個咖啡色的大旅行箱站在她的家門外頭。她的右肩掛著一只皮包，右手正轉動著一大串插在她家門鎖上的鑰匙。

「嗨，妳好。」

盧俊彥向著鄰居的側影打了聲招呼。

對方年近四十，只比盧俊彥大個十四、五歲，還沒到可以叫她「方媽媽」的地步；但是，她跟盧俊彥又不同輩。

為省麻煩，盧俊彥都直接叫她「方太太」。

方太太是職業婦女。盧俊彥要去學校上早晨八點鐘的課時，兩個人常常像這樣，在他租屋處的公共空間不期而遇。

方太太生了張肅穆的臉；感覺上，在家裡是個一絲不苟的人。不過，當她在與盧俊彥寒暄時，表現得都還算親切。

「啊，你好啊，盧同學。」

她都這麼喊盧俊彥。

「好久沒看到妳了。」盧俊彥舉起手上的背包，關上大門：「妳出去旅行啦？」

他所謂的「好久」，也不過是一個星期左右。

方太太注視著門鎖「嗯」了一聲，一副心事重重的樣子，然後停下了轉動鑰匙的右手。

「其實我不是出去旅行，而是回娘家了。」她說。

「喔？就妳一個人回去嗎？」

話一出口，盧俊彥就後悔自己太多嘴了。然而，方太太卻因此開了話匣子。

「就我一個人回去。說來真丟臉，我跟我先生吵架了。」

搬來這裡的一年多裡，盧俊彥極少遇到她的先生。即使遇到，她先生也總是沉默寡言地，不大理人。

「喔。」

方太太反常的坦率，讓盧俊彥不知如何接話，只能靜待她的下一步。

她轉過身來面對盧俊彥，攤了攤手，說道：

「家家有本難唸的經嘛，你說是吧？」

「是啊。」

方太太大概是鬱悶太久，就把盧俊彥充當起抒發心情的對象了。

「你還年輕，不見得能深刻體會——對了，你也有與室友不和的時候吧？」

「有啊有啊。」

還不只一次呢！

「所以你應該可以瞭解同住在一個屋簷下的甘苦了。夫妻之間，又何嘗不是如此？」

「對啊對啊！」

「朝夕相處的夫妻，能保證永遠相敬如賓嗎？」

「不能。」

「每晚在同一張床上親熱，能保證百年好合嗎？」

「不能。」

「床第之間的幸福美滿，能保證白頭偕老嗎？」

「不能。」

盧俊彥順著方太太的話應道。

發言愈來愈辛辣的她，接下來不會是要把她在閨房裡的秘辛，都與人大方分享吧？

跟別人約定的時間就快到了。她要分享的話，拜託還是改天吧！盧俊彥速速將話題收尾：

「床頭吵，床尾和。夫妻間拌個嘴，大家退一步想想，也就海闊天空了。」
「要不是我先生讓步，我才不回來呢！」
說了半天，她還是沒講他們夫妻吵架的原因。但是，盧俊彥並不在乎。
「妳先生讓步了就好，現在不是皆大歡喜了嗎？」
盧俊彥揹起背包準備道別，方太太還不願鬆口：
「我那無辜的兒子是我最放不下心的。我會回心轉意，也是為了他居多。」
「是喔？」
「你應該還沒見過我兒子吧？」
天呀，我都快遲到了，誰管妳兒子啊！
「沒有。」
「現在，已經沒有顧忌了。來，我介紹你們認識認識。」
不容盧俊彥說不的方太太三兩下子轉開家門鎖。盧俊彥發誓，下回再遇見她，一定要先編個理由脫身。
要編什麼理由呢？
其實也犯不著扯謊。老老實實地交代出自己碩士班課業的緊湊行程，也就夠了。
「我跟指導教授有約——」可以這樣跟她講。
「對不起，我要去忙老師的研究案了——」或是這樣跟她講。

「方太太，我下禮拜要交一份報告呢。先失陪囉——」又或是這樣跟她講——

盧俊彥正想得出神之際，被方太太的尖叫聲拉回現實。她扔下左手拎著的旅行箱，鞋子也沒脫，就從半開的家門奔進客廳。

方家客廳的擺設十分簡潔：一排深褐色的布沙發、一張小茶几，以及幾個落地的置物櫃。

小茶几上，放著內有兩、三片柳丁切片的白色瓷盤。

只見客廳的拼花地板上俯臥著一個穿短袖、短褲的男人。盧俊彥挪開視線，沒有勇氣直視現場留下的血跡。

「是妳先生嗎？」

站在方家門外的盧俊彥對內呼喊道。方太太無力的聲音斷斷續續：

「啊——啊——怎麼會這樣——怎麼會這樣——」

「方太太！是妳先生嗎？」

「怎麼會這樣——怎麼會這樣——」

「方太太！請回答我！」

「怎麼辦——怎麼辦——」

「方太太！」

「是誰？是誰幹的？」

方太太激動起來，對著俯臥的男人叫嚷。看樣子，那應該就是她先生吧！

「方太太！不要破壞現場，趕快叫救護車！趕快報警！」

盧俊彥叫道。方太太一怔，旋即有所動作。

盧俊彥以為她要去撥電話了。孰料，她一個箭步衝向自己。

「方太太，妳——」

方太太無視倒退了三步的盧俊彥。她粗魯地拔下還插在她家門鎖上的那大串鑰匙後衝回客廳，再衝往位於客廳向內延伸的走廊左側的一扇房門前。

盧俊彥從他所站的方家門外，看著方太太按捺抖晃的雙手，抓出大串鑰匙中的某一把，插進房門鎖裡旋轉。

「你不要慌，媽媽在開門了！」

她把臉貼著房門撫言道。門鎖一重又一重、一重又一重，開鎖聲鏗鏘鏗鏘、鏗鏘鏗鏘——

她拔出鑰匙，再抓出大串鑰匙中的另一把，插進房門鎖下的另一個小鑰匙孔後旋轉著。開鎖聲鏗鏘鏗鏘、鏗鏘鏗鏘——

她握著鑰匙的雙手轉了一圈又一圈、一圈又一圈，盧俊彥看得眼睛都花了。

砰的一聲，方太太打開了房門。她蹲了下去，緊緊擁住從房內竄出的低矮形影。

「媽媽來了！媽媽來了！」她哭著說。

盧俊彥將他度數不太夠的近視眼鏡往上推了推。就他視線所及，方太太擁住的是個膚色異常蒼白，年紀約在十一、二歲上下的小男孩。

小男孩驚魂未定。他看看方太太，再看看家門外的盧俊彥。

這時候，盧俊彥才有餘裕去關照俯臥在客廳地板上的男人。男人中等身材，後腦勺的頭髮很亂，後腰處豎挺著一把小小的黑色刀柄。

看樣子已經不樂觀了。盧俊彥嘆了口氣，再度挪開視線。

方家母子仍然沒有鬆開彼此的意思。盧俊彥又嘆了口氣，決定自己打電話叫救護車、自己打電話報警。

「那個——羅曉芝同學。」

「什麼事？你不會是還沒有出門吧？」

「對不起，我臨時出了點狀況，沒辦法來了。」

「盧俊彥！你好大的膽子，竟敢放我鴿子？」

「我要是存心放妳鴿子的話，就不會打電話來通知妳了。」

「你知道我在學校的研討室裡等了你多久嗎？就叫你昨天早一點上床睡覺嘛！」

「我可沒有睡過頭喔，相信我。」

「既然如此，我們講好的小組報告討論會，你為什麼不能來？」
「因為，現在有警察在我旁邊。」
「警察？」
「是的，警察。」
「盧俊彥，你做了什麼？闖紅燈？超速？」
「在我旁邊的不是交通警察，是刑事警察。」
「刑事警察？盧俊彥，你殺人啦？」
「不要亂說！」
「還是你去搶銀行被抓到了？」
「我哪有啊？都不是，是我對門鄰居的先生死掉了。」
「你怎麼知道他死掉了？」
「是現場刑事警察局的鑑識科人員說的。」
「是喔？是自殺還是他殺？」
「目前看起來，好像不太像自殺喔，妳要請鑑識科的人員來聽電話嗎？」
「神經病！我跟他們講話幹嘛？」
「妳不是不相信我嗎？」
「那也不用跟他們講話啊！我算哪根蔥啊？他們也沒空理我吧。」

「還是我請刑事警察大隊不知道是偵幾隊的分隊長來跟妳談談？這樣妳就會相信我了。」

「不需要、不需要——」

「可惜，分局長他人剛走，要不然——」

「好啦好啦！我相信你就是了！你已經被逮捕了嗎？」

「什麼逮捕？」

「呵呵，你不是殺了你們鄰居的先生嗎？」

「拜託！就跟妳說兇手不是我嘛！我看起來哪裡像殺人犯了？」

「難講喔，知人知面不知心——」

「妳別鬧了啦！」

「這麼說，小組報告討論會只好改期了，你什麼時候有空？」

「讓我想一想——」

成批的警務人員在方家內外頻繁進出，忙著處理案發現場，並將想看熱鬧的同層鄰居阻隔在現場的封鎖帶外。

盧俊彥掛掉電話後，剛才允許他打電話的那位刑事警察大隊的刑警，將他單獨帶到方家大門外的公共走道上。

盧俊彥還記得這位瘦伶伶的刑警姓莊。

「你是報案人？」莊姓刑警指了指方家大門：「現場是你發現的？」

「方太太也有發現啦，我只是站在門外而已。」

盧俊彥顫著嗓音答道。莊姓刑警輕咳了一聲，翻弄了一下襯衫的衣領，繼續用平板的聲調問道：

「今天下午，你人在哪裡？」

「我？我都待在我住的地方啊！」盧俊彥指了指方家的對門。

「那是你家嗎？」

「是我跟我兩位室友住的地方。他們一位是大學生，一位跟我一樣是碩士生。」

「他們能作證嗎？」

「作什麼證？」

「作證你今天下午都待在你住的地方。」

「恐怕不能——他們兩個上午都出門去了。」

莊姓刑警抬起他髮絲茂密的頭，看看天花板後，說道：

「沒關係，這部分我們會再進一步釐清。」

「您是在懷疑我嗎？」

盧俊彥有些惶恐。莊姓刑警自顧自地問下去：

「你說你住在這邊多久了？一年？兩年？」

「一年三個月。」

「你跟對門的方家熟嗎？」

「不熟。」此時不撇清，更待何時？

「不熟嗎？」

「我只有跟方太太聊過天。」這倒是實話。

「跟死者呢？」

「她先生嗎？偶爾見過幾次，只簡單打過招呼而已。」盧俊彥向上舉著右手立誓：「我要聲明在先，我跟方先生可是無冤無仇的喔！」

莊姓刑警無動於衷：「方先生與方太太的兒子呢？」

「方小弟弟啊？坦白說，我今天還是第一次看到他咧！」

「照你的說法，案發時，方小弟弟是被鎖在他的房間裡頭？」

「沒有錯，我親眼目睹了方太太開鎖的過程——」

盧俊彥喚起腦海裡的回憶：方太太先後插入兩把鑰匙，將那一重又一重的門鎖轉了一圈又一圈。開鎖聲鏗鏘鏗鏘、鏗鏘鏗鏘——

「你知道方小弟弟房間裡僅有的一扇窗戶，是被封死的嗎？」

莊姓刑警問。盧俊彥挑眉道：

「我猜，可能是他爸媽怕他太調皮，從窗檯摔下去吧。」
「你知道窗戶封死的事嗎？」莊姓刑警又問了一次。
「不知道。這是人家的家務事，我怎麼會知道？」
「方太太也沒有向你提過？」
「她連她有個兒子的事，都沒跟我提過呢！」
這時，有位女警從方家屋內走到公共走道上來見莊姓刑警。她的左手，牽著蒼白的方小弟弟。
莊姓刑警向女警點點頭後，在方小弟弟面前蹲下身去，並擠出笑容以及眼角的魚尾紋，對方小弟弟輕聲細語：
「弟弟，你很勇敢喔。」
方小弟弟注視著莊姓刑警那飽經風霜的臉，抿嘴不語。
莊姓刑警摸摸方小弟弟的頭頂。彷彿這麼摸著摸著，就能撫平方小弟弟的喪父之痛。
「你是我看過最堅強的男生喔！」
莊姓刑警說。女警也蹲下來哄著方小弟弟：「你也是我看過最堅強的男生喔！」
方小弟弟依然不語。我應該不用也蹲下來吧？盧俊彥心想。
「弟弟，你今天一天都待在家裡嗎？」

莊姓刑警回到正題。方小弟弟沉靜數秒鐘後，點了點頭。
「你今天沒有出門？都沒有離開家？」
方小弟弟搖頭。
「你爸爸呢？你爸爸今天也都待在家裡嗎？」
方小弟弟又沉靜數秒鐘後，點了點頭。
「你爸爸今天都沒有出門，都沒有離開家過嗎？」
「沒有。」
方小弟弟答道。他的嗓音拔尖，尚未變聲。
莊姓刑警用力擠著抬頭紋問道：
「你媽媽呢？她今天也在家嗎？」
「媽媽不在。」
「你媽媽今天不在家？」
「不在。」
「你媽媽是什麼時候出門的？」
「媽媽，已經好幾天不在家了。」
「好幾天？你知道你媽媽不在家幾天了嗎？」
「好幾天了。」

「是幾天呢？」
方小弟弟數著自己的手指頭：「五天、六天、七天——」
「你媽媽離家一個禮拜了嗎？」
「嗯。」
「所以，你一個禮拜沒看到你媽媽了？」
「我一個禮拜沒看到媽媽了。」
「你知道你媽媽這一個禮拜去哪裡了嗎？」
「我知道。」
「太厲害了，叔叔不知道的事情，你居然都知道！」
莊姓刑警對方小弟弟翹起大拇指。女警也摸摸方小弟弟的臉頰，加油添醋道：
「你是姊姊看過最聰明的小孩！」
盧俊彥很佩服兩位警察的耐性。要是換他來問，早就一路打破砂鍋問到底了。
「你告訴叔叔，你媽媽這一個禮拜去哪裡了？」
「爸爸說，媽媽回外婆家了。」
「你知道你媽媽為什麼會回外婆家嗎？」
「她跟爸爸吵架了。」
「你媽媽是為了什麼跟你爸爸吵架的呢？」

「我——不知道。」

「那麼，你今天在家裡幹什麼呢？」

莊姓刑警的問話句句家常，卻足以讓方小弟弟在回答前費神再費神。盧俊彥怎麼看方小弟弟，都像是個有些微溝通障礙的小孩。

不對。這樣指控方小弟弟，並不公允。

連盧俊彥自己，也被警察的大陣仗嚇得前言不接後語。對方只是位小朋友，如何奢望他在這種情況下，講話還能井井有條？

何況，他又驟失至親！盧俊彥默默在心裡向方小弟弟賠不是。

「跟爸爸談話。」方小弟弟說。

「你跟你爸爸談了什麼呢？」

莊姓刑警又問。方小弟弟想了想：

「不太記得了——」

「一個字都不記得了嗎？有沒有你跟你爸爸講過的什麼事情，或是你爸爸跟你講過的什麼事情，你還有印象的？」

「我們，就只是在聊漫畫書的事而已——」

方小弟弟顯得很為難的樣子。

「你爸爸最近有沒有跟你說過，他有什麼煩惱啊？比方說，他有什麼很煩的事、很討厭的人啊——等等。」
這一回，方小弟弟低頭想了更久。
「慢慢想。」
莊姓刑警也不催他。方小弟弟舔了舔嘴唇，說：
「沒有耶。」
「你爸爸都沒有煩惱？」
「不清楚呢——」
「你爸爸也沒有討厭的人嗎？」
「他沒講過。」
「你爸爸也沒有害怕什麼人嗎？」
「害怕？沒有吧。」
「你爸爸——倒下去的時候，你在旁邊嗎？」
「不在，我在我房間裡。」
「是你自己進去的？」
「不是。是爸爸把我鎖進房間裡的。」
「你爸爸為什麼要把你鎖進房間裡頭？」
方小弟弟想了很久。

「因為，我不高興，而爸爸也不高興。然後，他就把我鎖進房間裡了。」

「那是什麼時候的事，你還記得嗎？」

「──下午。」

「下午幾點鐘呢？」

「──」

「記不得了嗎？」

「記不得了。」

「下午除了你跟你爸爸之外，還有誰在你們家嗎？」

「今天下午嗎？有。」

「有誰在呢？」

「我們家有客人來訪。」

「你知道是誰嗎？」

「知道，他叫作『許肥』。」

「許肥是綽號吧？你知道他的本名嗎？」

「他叫許家育。家庭的家，教育的育。」

「下午就只有他一個人來你們家嗎？」

「就只有他一個人來。」

「沒有別人來了？」

「沒有。」

「你爸爸把你鎖進房間裡的時候，許家育已經離開你們家了嗎？」

「離開了。」

「所以你被鎖在房間裡時，你們家裡只有你跟你爸爸兩個人在？」

「嗯。」

「你有沒有聽見許家育又跑回你們家來的聲音？」

「這個，我就沒在注意了。」

方小弟弟搔著頭。莊姓刑警拍了拍方小弟弟的背，站直身子；女警也站了起來。

「小朋友我問完啦。」莊姓刑警吩咐女警：「妳可以去請方太太來了。」

第一章

「老闆，來碗陽春麵！」

阿健點餐的高亢稚音，響徹在僅擺了四張餐桌的小麵店內。

店內油膩膩的牆上糊貼著一張電影海報。海報上的男主角梳西裝油頭、女主角梳大包頭，兩人深情對望的斗大頭像斑駁不堪，提醒著與阿健並肩坐在餐桌前的爸爸，這是部已下檔的舊片。

爸爸伸出右手，朝坐在店門口麵攤的禿頭胖老闆比出個「三」的手勢：

「老樣子，三碗陽春麵。」

「三碗陽春麵，沒問題。」

穿白色汗衫的禿頭胖老闆笑容可掬。他一面低頭煮麵，一面用圍在脖子上的白毛巾擦汗。

不久，他就從麵攤分批捧來了三只熱騰騰的大碗。

碗內滿滿的麵條香氣四溢。撒在麵條表面的白菜、香菜與青蔥，堆積得像個小山丘。

「阿健！只要你能乖乖吃完這碗麵，我就答應買『海底小遊俠』迴力鏢給你。」爸爸說。

「真的嗎？」阿健說。

「當然是真的！爸爸有哪一次說話不算話了？」

爸爸的交換條件誘人。阿健毫不猶豫地以口就碗，張嘴猛吸著麵條。

「慢一點！慢一點！」對坐的媽媽從餐桌上的筷筒裡抽出一雙木筷子，遞給阿健：「吃麵不用餐具啊？你是狗狗，還是貓貓？人家看到了，會笑你喔！」

其實，除了阿健一家，麵店內並沒有別的客人。

「我要海底小遊俠迴力鏢——」

接過筷子的阿健呢喃著。爸爸安撫他道：

「那你就要把陽春麵吃完啊。」

「吃完你就要給我買海底小遊俠迴力鏢。」

「吃完我就給你買海底小遊俠迴力鏢。」

「一言為定？」

「一言為定。」

「打勾勾？」

「打勾勾。」

父子倆互勾右手小拇指。

「蓋印章？」

「蓋印章。」

父子倆互碰右手大拇指。

「好啦好啦，吃麵吧。」媽媽催阿健道。

阿健趴在自己的麵碗前埋頭苦幹。半晌，他抬起下巴宣佈：

「吃完了。」

嘴角還露出了半截麵條。爸爸歪著頭，看著阿健的麵碗內說：

「哪有？你這裡面還剩下好幾根麵條咧。」

「喔。」

阿健繼續埋頭苦幹。半晌，他又抬起下巴宣佈：

「吃完了。」

「還剩下兩根麵條咧。」爸爸說。

「喔。」

匆匆吞下了最後兩根麵條，阿健瘦小的身軀就在鐵圓凳上不安分地扭過來扭過去。

「我——吃——完——了——」他拖著音說。

「急什麼？」爸爸說：「爸爸跟媽媽還沒吃完呢。」

「你們好慢喔，快一點啦。」
「你不要那麼急啦。」
「快一點、快一點啦。」
「好啦。」
「快一點、快一點——」
「我們快吃完了啦，你稍安勿躁。」
「我要買海底小遊俠迴力鏢啦，你們快一點啦。」
「好啦好啦好啦——」
纏功磨人的阿健，讓雙親這頓陽春麵吃得囫圇吞棗。他們放下筷子，還沒離開餐桌，阿健就擺出一副要奪門而出的架式。
雙親不得不一左一右地牽牢他，走向麵攤。
爸爸掏出皮夾結帳。禿頭胖老闆笑嘻嘻地看看阿健，再看看阿健的爸爸：
「你們家的小朋友還是這麼活潑啊！」
「活潑是很好，可就是太活潑了。」爸爸說。
「小孩子嘛，動來動去是正常的。」禿頭胖老闆收下鈔票後，照例以後面這句話送客：「謝謝光臨，祝你們財源廣進。」
「謝謝，也祝你生意興隆。」爸爸回道。

一家三口步出麵店。店外，占據了整條巷子的黃昏市場，沐浴在餘暉之下。

途經魚肉攤時，戴著橡皮手套的魚販從淺淺的水箱裡撈出一條魚，擱在暗黑色的砧板上。

魚還沒斷氣，魚販就直接刮除起魚鱗來。鱗片飛濺至砧板四處，阿健看了，覺得有些殘忍。

途經雞肉攤時，雞販從地上的雞籠裡徒手抓出隻公雞。公雞細細的雙腳被雞販捏緊，覆蓋著羽毛的身體倒懸在半空，鮮紅的雞冠在下方抖動，雞嘴裡發出「咯咯咯咯」的叫聲。

另一個雞販一手制住雞頭，另一手持刀在雞脖子上一抹，公雞的身體抽搐了一下。

從雞脖子裡流出的血，滴落在雞販們事先預備好的一盤糯米上。

接著，兩個雞販便像丟垃圾一樣，把公雞往身旁的大鐵桶子裡扔。鐵桶猛烈地搖晃一陣後，就靜止不動了。

血淋淋的殺雞過程，比殺魚更教阿健不忍卒睹。還好，巷尾的柑仔店招牌，已慢慢映入阿健的眼簾。

阿健掙脫雙親的手，奔向柑仔店。

店內淹沒在一堆文具、圖書、玩具與零食之中，只留下狹小的走道供客人出入。

原本以細繩垂吊在天花板下，呈注音符號ㄑ字形的橘色海底小遊俠迴力鏢，已不翼而飛。同樣的位置，被刻有「飛龍斬」三個字的深藍色迴力鏢取而代之。

怎麼搞的啊？海底小遊俠迴力鏢呢？阿健東張西望。

雙親走進柑仔店裡。爸爸上前，與店老闆交頭接耳。

「你說海底小遊俠迴力鏢啊？」小指頭留著長指甲的店老闆搓著雙手：「那個，前天就賣完了啊。」

「賣完了啊？」

「因為有電視卡通的緣故，那個迴力鏢很受到小孩子歡迎呢。」

「是啊，我兒子天天吵著要。」

「每個人的兒子都吵著要。」店老闆陪著笑：「所以，很快就賣完了。」

「賣得這麼好喔。」

爸爸的語氣透著苦惱。

「沒關係，買不到海底小遊俠迴力鏢，買這個飛龍斬迴力鏢也是一樣。」店老闆話鋒一轉，熱心推薦道：「兩者的外形與材質，大同小異。」

他解開綁在飛龍斬迴力鏢上的細繩，將迴力鏢展示給對方看。

「是嗎？」

爸爸瞇起雙眼，上下打量著。

「是啊。只不過海底小遊俠迴力鏢是橘色，飛龍斬迴力鏢是深藍色；海底小遊俠迴力鏢上面刻的是『海底小遊俠』五個字，飛龍斬迴力鏢上面刻的是『飛龍斬』三個字。」

店老闆摳起他鬈鬈的鬢角，看了阿健一眼後說：

「你兒子還小，分不出來的啦。」

語畢，他伸長著手，把飛龍斬迴力鏢高舉在對方眼前。那樣子好像對方不買，他就不會從對方的眼前移開迴力鏢似的。

爸爸想了想，點頭道：

「好吧，我就買這個。」

店老闆的戰術奏效。他咧嘴而笑：

「保證你不會後悔的啦。」

他彎身從櫃檯下揪出張白報紙，草草包裝住飛龍斬迴力鏢。媽媽乘機對爸爸低語：

「你真的要買嗎？這樣好嗎？」

「沒辦法，我承諾阿健在先。」爸爸說：「何況我已經沒有買到海底小遊俠迴力鏢了。」

「這個飛龍斬迴力鏢啊，可以用來斬殺在天上飛的龍，比海底小遊俠還要厲害呢！」

爸爸蹲在柑仔店門外，向阿健解釋道。

「比海底小遊俠還厲害嗎？」

阿健拆開白報紙，看著懷裡的飛龍斬迴力鏢問爸爸。爸爸信誓旦旦：

「比海底小遊俠還厲害！」

橫豎都是迴力鏢，阿健也沒想那麼多。他開心地在沿景平路的歸途中跳著步伐，比劃著手上的戰利品。

「咻——咻——飛龍斬——飛龍斬——」

阿健唸唸有詞。

他大動作揮舞的雙臂，混淆了車輛駕駛人的判斷。某位計程車司機就因此會錯了意，以為這小孩是在攔車，於是減慢車速，在靠近阿健一家三口處的人行道旁，將計程車煞停住。

計程車碩大的紅色車身，在阿健的視線內映射出皎潔的月光。

媽媽見狀，趕緊拉著阿健，走為上策。

「你看！你兒子一招手，那計程車就停下來了。」她回頭埋怨爸爸：「管管他好不好？」

「喔喔。」爸爸應道。

計程車司機從擋風玻璃內遙望過車門而不入的阿健一家三口，丈二金剛摸不著頭腦。

告別計程車插曲後，深藍色的飛龍斬迴力鏢繼續在阿健的手掌間忽上忽下，挨序飛越他住家公寓一樓美容院的「紅白藍」三色圓柱型旋轉燈、髒兮兮的二樓樓梯間、三樓周家的淺綠色鐵門，而降落在周哥哥房間裡那張鋁製的大桌面上。

剃個五分頭的周哥哥換下卡其色制服，將地板上的電風扇對準坐在床緣的阿健，扭開電源。

翠綠色的扇葉，嘰嘰嘎嘎地旋轉起來。

阿健的頭髮向後飛舞。包覆他的悶熱空氣，也被吹散而去。

「有涼嗎？」

周哥哥一屁股坐在鋁桌前的椅子上問著阿健。

「有。」

阿健說完，周媽媽端了一個小盤子進房間來。

她體型微胖，及肩的黑髮鬈燙著，兩眼圓呼呼的，眼角有些下垂，看上去就是個慈祥的好人。

背上揹了個別家奶娃的她，也是在街坊間出了名的好保姆。

「阿健，盤子裡是周媽媽切的西瓜與芭樂。」她溫和地囑咐阿健：「水果很營養的，你要多吃喔。」

「喔，謝謝周媽媽。」

「你也要多吃點啊。」

周媽媽再囑咐周哥哥道。周哥哥抓起一片西瓜，點頭稱是。

這時，周媽媽背上的奶娃突然皺起眉頭，抽抽噎噎。

「好、好，不哭不哭、不哭不哭——」

周媽媽哄道。小奶娃不賞臉，愈哭愈大聲。

「乖、乖，不哭喔、不哭——」

周媽媽輕拍周哥哥與阿健的肩膀後，搖著身子離開房間。

吹了電風扇又吃了水果後，阿健神清氣爽，開始向周哥哥獻寶：

「這是我剛剛去黃昏市場的柑仔店買的飛龍斬迴力鏢。」

他得意的嗓音，在電風扇吹拂下嗡嗡作響。

「飛龍斬？你不是一直想買海底小遊俠迴力鏢嗎？」周哥哥問。

「我爸爸說，飛龍斬比海底小遊俠還厲害喔！」

「是嗎？」

周哥哥遲疑地望向鋁桌上的迴力鏢。

做為住阿健家樓下的大哥哥，他三不五時會炫示些新奇玩意兒，開啟阿健的眼界。在今夏的公立高中聯招裡榮登第一志願後，他積壓了國中三年的升學壓力暫時獲得紓解，就更有閒暇這樣敦親睦鄰了。

「你就別管什麼飛龍斬了，看這個。」

周哥哥從橫置在鋁桌底下的雜物堆中，抽出一本與學校作業簿等長寬的薄書來。

他用手指著薄書的封面，測試阿健道：

「你認得這排字嗎？」

「當然認得。」阿健看也沒看就說：「我已經上小學一年級了耶！」

「那你唸唸看。」

周哥哥將薄書交給阿健。阿健垂目唸道：

「教——育——啟發性綜合雜誌，《漫畫大王週刊》——創——刊號——」

他所唸的書名，就印在兩個小孩笑逐顏開的手繪圖像上。

圖像左邊的女孩頭戴白帽，有著濃密的睫毛；圖像右邊的男孩頭戴黃帽，兩眉粗黑。

「了不起，都唸對了。」周哥哥頗為詫異：「想不到，你認得的國字還不少嘛。」

「哈哈哈。」

「那你應該有資格看這本書了。」

「太好了！我有資格看這本書了！」

童言童語的阿健翻開內頁。

首篇〈人類的誕生〉，是長得像黑猩猩的原始人圖片，以及穿插「隕石說」、「南非猿人」等詞彙的文字各半的彩色專欄。

「好難喔，看不懂——」

阿健投降道。

「算了，這麼深奧的科學新知，還是留待專家學者們去傷腦筋吧。」周哥哥幫阿健翻到第九頁：「你從這邊開始看。」

第九頁起，連載了一系列的漫畫作品。

「青峯」畫的〈紅舞鞋〉，講的是「明月芭蕾舞團」團員間的恩怨情仇。包括女主角「楊美貞」在內的團員，清一色是兩個瞳孔又圓又大的洋娃娃造型。

無論題材或筆風，〈紅舞鞋〉都不合阿健的胃口。不過，下一篇的科學幻想故事「超人力霸王」，就讓阿健目光一亮。

男主角「光榮」憑藉受贈於「光圈之國」的胸章，化身為一襲戰鬥勁裝、金屬頭上長角的巨型力霸王，施展出「碰力功」與「拳力功」絕招，打敗怪獸「哥斯龍」與「亞斯龍」，拯救地球。

長達二十三頁的〈力霸王——光榮誕生之篇〉高潮迭起，可謂絕無冷場。

「怎麼樣？漫畫大王週刊很棒吧？」周哥哥問阿健。

「很——很棒！」

至於〈孫悟空（1）：美猴王出世〉，是取材自中國章回小說《西遊記》裡，唐三藏的大徒弟孫悟空粉墨登場的橋段。

末篇〈牛家班〉的情節，則環繞著牛家「月美」、「金頭」、「木頭」、「水頭」、「火頭」、「土頭」、「小妹」七名性格鮮明的手足，尤其是將爸爸的便當錯送到學校給兄姊的脫線小妹。

封底背面的發行日，是民國六十五年七月二十三日。

今天是民國六十五年十月十三日。阿健算了算，《漫畫大王週刊》是兩個多月前創刊的新刊物。

「看完了！」

阿健興奮得上氣不接下氣。他還沒回過神，周哥哥就又送上三本《漫畫大王週刊》來：

「創刊號看完了嗎？這本是第二期、這本是第三期、這本是第四期。」

「哇！」

阿健心花怒放，一本接一本讀得津津有味。

周媽媽進房間收盤子時，她背上的奶娃闔上眼皮微傾著臉，正沉沉睡去。阿健仍在床上埋首書堆，頭抬也沒抬。

「他看什麼看得那麼專心啊？」

周媽媽問周哥哥。

「漫畫書。」周哥哥說。

「漫畫書？」周媽媽往阿健手裡的《漫畫大王週刊》內頁看了看：「喔，是連環圖嘛。」

「連環圖是媽媽你們那個年代的講法。我們現在，一概統稱為漫畫書了。」

「還不就是《諸葛四郎》那一類的連環圖嘛。」周媽媽笑笑。

「不太一樣啦。」

「連環圖好看歸好看，不過你要注意他的眼睛，別讓他看壞了，變成個近視眼。」

「我會注意的。」

「哪一天阿健要是戴起眼鏡了，我們要怎麼跟他爸媽交代呢？」

周媽媽邊說，邊看著周哥哥鼻梁上的近視眼鏡。

「知道了，我會注意的。」

正當周哥哥點頭時，房門外傳來如蜂鳴般的電鈴聲。

「我去開門。」周哥哥從椅子上起身。

周家兒子透過鐵門上方的欄杆間隙，認出站在屋外的來人，並出聲招呼：

「方叔叔好。」

周家太太也走近鐵門，對來人說道：

「哎呀，這不是阿健的爸爸嗎？」

「周太太，妳好啊。」

阿健的爸爸朝著屋內揮手。

「你是來帶阿健回家的吧？」周家太太打開鐵門：「來，請進請進。」

「不用了，我在外面等就行了。」

「乖乖，都快九點鐘了。」周家太太瞥了瞥客廳牆上的時鐘：「難怪你會擔心。」

「是啊，我們家的門禁就是九點。」

此時，周家太太背上的奶娃又哼哼哈哈起來。她哄著哄著，忽然想起什麼似的，轉向兒子問道：

「見到長輩要有禮貌喔，你叫過方叔叔了嗎？」

周家兒子與阿健的爸爸異口同聲：

「叫過了。」

周哥哥回房喊阿健。樂不思蜀的阿健，一聽到要他回家，千百個不願意。

「我還沒看完《漫畫大王週刊》咧。」

他搖著頭。周哥哥攤手道：

「可是你爸爸在我們家屋外等你耶。」

「唉唷！」

阿健一臉不耐煩。

「明天再來看嘛。」

「一言為定喔。」

「好。」

「我們打勾勾。」

「好。」

兩人互勾右手小拇指。

「我們蓋印章。」

「好。」

兩人互碰右手大拇指。

阿健拖著步子，悶悶不樂地走到周家鐵門外，蹲在爸爸的腳邊穿鞋。

周哥哥從房間裡拿著飛龍斬迴力鏢出來物歸原主：

「阿健，你忘了這個呢。」

阿健喔了一聲，意興闌珊地收下。爸爸一邊向周媽媽母子道謝，一邊順手關上淺綠色的周家鐵門。

周家兒子正要回房，耳後傳來阿健在樓梯間石破天驚的嘶吼：

「爸爸！我也要《漫畫大王週刊》！我也要《漫畫大王週刊》！」

第二章

如同所有的父親一樣，方志宏對於自己的獨生兒子，也有著殷殷切切的期盼。這份期盼，早在他得知自己將為人父的那一刻起，便悄然醞釀了。

當天是五月的某個星期三。傍晚，他跨上停在公司樓下的摩托車，頂著細雨騎回家。

受夠了一天鳥氣的他歸心似箭。在十字路口枯候紅燈時，他每每壓抑住硬闖過去的衝動。

自言自語的口中，吐出的淨是國罵。

騎著騎著，細雨下成了大雨。然而，滿腔的怒火，雨再大也澆不熄。

過了福和橋後，他回到中和的家。一上樓進門，太太準備好的家常飯菜，已經擺滿了餐桌。

有魚肉，有牛肉，有蝦，全都是他愛的菜色。

「我有話要對妳說。」

他濕衣服也不換、頭髮也不擦乾，就迫不及待要向太太訴苦。

太太愣了愣，回道：

「我也有話要對你說。」

「這麼巧？那妳先說吧。」

太太看得出來，方志宏承讓得虛情假意。

「不，我看你比我急得多，你先說吧。」太太說。

「那我就先說了。」方志宏當即拉開餐椅，坐下道：「妳相信嗎？我們的部門，竟然被公司收掉了！」

太太也拉開他對角的餐椅坐下：「什麼意思？」

「我說得這麼白，妳還聽不出來？」方志宏夾了一口牛肉入嘴，憤憤不平地說：「收掉了，就是結束了、沒有了。」

「怎麼會有這種事？」

「就是有這種事。」

「什麼時候生效？」

「今天上午十一點公佈的命令，立即生效。」

「啊？那你的工作——」

「公司把我們的部門拆為三組，分別整併到三個不同的部門去，所以我的工作還在。」

「那就好，起碼你的飯碗保住了。」

「可是，我們的部門等於是被人宰了之後，還被五馬分屍。」方志宏左手握拳，氣不打一處來：「而且，我一個堂堂的副主任，堂堂的副主任耶，就這麼咻地一下，被解除了主管的職務！」

「那你們主任呢？」

「一樣，也被降為平民老百姓了。」

「公司高層沒有說明整併的理由嗎？」

「他們美其名為什麼組織精簡、什麼組織重整的。骨子裡，誰不知道我們的部門，其實就是做了董事長派與總經理派鬥爭下的替死鬼！」

「是嗎？」

「唉，誰教我們的主任當初選邊站時看走了眼，選了總經理！」

「可是，你們公司的總經理不是董事長的大舅子嗎？」

「有血緣關係的兄弟都會鬩牆、骨肉都會相殘，在董事長心裡，沒有血緣關係的大舅子又如何？」

「高層自管去惡鬥他們的，干你們什麼事呀？」

「話不是這樣說，上次那個總經理——」

方志宏開始翻起舊帳，東罵西罵了十來分鐘。

太太見他沒完沒了，不得不從中插話道：

「可以輪到我講了嗎？」

「等會兒，我還沒講完——」

方志宏意猶未盡。太太冷不防說：

「你要當爸爸了，你知道嗎？」

「啊？」

「我懷孕了。」

「是喔？」

腦海裡還沒從公司鬥爭的漩渦脫身的方志宏滿臉錯愕。一時間。他還應變不過來。

「妳確定嗎？」他放下筷子。

「我下午去過婦產科了。」

「妳懷孕囉？」

「已經十週了。」

「妳懷孕囉？」

「你幹嘛像個傻瓜一樣重複這句話啊？」

太太笑方志宏。他也笑了：

「是男生還是女生啊？」
「現在還不曉得啦！」
「第一胎最好就是個男生。」
「你幹嘛重男輕女啊？男生、女生都一樣好啦。」
「也是啦——」
「高不高興啊？方爸爸？」
太太逗方志宏。他笑著回逗道：
「難怪，今晚的菜色特別豐盛啊。方媽媽！」
「要慶祝他的到來啊！」
太太指著自己的肚子道。
方志宏用手摸著太太的肚子，有感而發：
「不論是男生還是女生，我衷心希望這個孩子，能夠彌補我人生的缺憾——」
「好啦，什麼缺憾不缺憾的，孩子有他自己的人生。你快去換衣服吧，不然要感冒了。」

隨著太太的肚子日益隆起，方志宏與公司的嫌隙，也愈來愈深。

一開始，新部門的主管有事沒事，還會跟他聊上個幾句，詢問他的專業意見。他也對這位主管赤誠以待，傾囊相授。

中午，兩個人也常相約一起出去吃飯，交換對部門前景的看法。他一度以為找到了新的舞臺。後來，據說是被董事長派的人警告後，主管的態度，就有了一百八十度的轉變。

曾幾何時，主管開始當他是空氣，指揮統御部屬時硬是跳過他，將他晾在一邊納涼，讓他由部門的決策圈，一路退到了邊疆地帶。

吃午飯時，也再沒搭理過他了。

同事們嗅出端倪，也視他為洪水猛獸，聯合孤立他。他每天無所事事，一個人上班、一個人去吃中飯、一個人下班，活像個潛伏在公司的隱形人。

他的舊同事也一個個遭新部門冷凍。他們不是被調去做如對保之類的閒差，就是像他一樣，淪為部門裡可有可無的吉祥物。

偶爾跑跑龍套，地位比公司採購來的硬體設備還不如。

有些人自覺受辱而主動離職。殊不知，這正中高層下懷。

看樣子，整併不過是個幌子。將總經理派的人馬一點一滴蠶食殆盡，徹底剷除反對勢力，才是高層的用意。

也有人見風轉舵，帶槍投靠董事長派，並做了董事長派剷除異己的馬前卒，炮口對內，轉而整肅起昔日的同志。

昨是今非的種種亂象，讓他興起不如歸去的念頭。

「開什麼玩笑？你要是辭掉工作，我們拿什麼養小孩？奶粉錢哪裡來？你以為你現在還是單身，愛怎樣就怎樣嗎？」

太太訓完了方志宏，便繼續坐在客廳的沙發上，把頭埋進手上的塑膠袋內嘔吐。她剛剛吃下去的食物殘渣和著胃液，在她狂擠眼淚的嗆咳下，迅速填滿了塑膠袋。

方志宏幫太太把塑膠袋提到廚房的垃圾桶內丟掉，然後拿了一包餅乾過來。

「想吃嗎？」他問太太。

「想。」

嚴重害喜的太太，就這麼陷入了吃了就吐、吐了會餓、餓了再吃、吃了又吐的循環。

除了孕吐外，她白天體力不濟，稍動一動就喘個沒停；夜裡則輾轉反側，難以成眠。

到了懷孕後期，小腿更是沒來由地就抽起筋來，痛得她哇哇大叫。

差勁的生活品質，讓她成天就把「老娘不想生了啦」、「我要把孩子拿掉」之類的話，掛在嘴邊。

「加油，再忍幾個月就好了啦。」方志宏鼓舞太太。
「幾個月？我幾天都忍不了了——」
「為母則強。妳這個要當媽媽的人，不堅強一點怎麼行呢？」
「我不想當媽媽了啦——」
「妳不當的話，肚子裡的孩子可是要抗議的喲！」
「管他的——」
「好好休息，別耍任性了。」
「我哪有——」
就在方志宏好說歹說，安撫著平躺在臥房床上的太太時，腦中浮現了老一輩人的說法。
據他們說，懷男娃的話，產婦的肚子較尖、在孕期內較不舒服；懷女娃的話，產婦的肚子較圓、在孕期內較為舒服。
真的嗎？
想著想著，他瞄了太太的肚子一眼。
太太的肚子向前尖挺著。若從背後看，她的身材甚至跟沒懷孕的女人沒什麼兩樣。
這樣看起來，極有可能，她懷的是個「帶把的」。

方志宏提議太太去做胎兒性別檢測。

太太起初嫌麻煩而不願做。方志宏慫恿她道：

「妳都不好奇妳懷的是男寶寶還是女寶寶嗎？」

「有差嗎？」

「不先知道性別，怎麼幫寶寶買衣服呢？」

「出生後再買就是了。」

「妳真傻，寶寶出生後我們忙都忙不過來了，哪有時間去幫他買衣服啊？再說，妳還要坐月子咧，怎麼出門？」

「——也對，我都忘了我要坐月子了。」

「難道要坐月子的是我嗎？」

方志宏自嘲。

性別檢測的結果，證實了老祖宗的智慧，太太懷的果然是男嬰。方志宏當場在診間手舞足蹈：

「太好了，我們方家有後了！」

「都什麼時代了，你還有這種迂腐的觀念啊？」

太太酸他。不過，她自己倒也為一舉得男而欣喜。

當晚，這對準父母跑去買了快一箱的男嬰衣物。生平第一次，方志宏付錢付得那麼開心。

孕期進入第三十七週的某夜，睡得正沉的方志宏，被旁邊的太太搖醒。

方志宏勉強睜開眼看著手錶，凌晨四點十分，一個不前不後的時辰。

「幹嘛啦？」

他沒好氣地問太太。太太的表情誠惶誠恐：

「我的羊水好像破了。」

「啊？是嗎？」

這非同小可。他瞬時驚醒，盯著太太穿著睡褲的下半身。

「沒看到羊水流下來啊！」

「你沒看到，可是我有感覺啊。」

「妳會不會感覺錯了啊？」

「你才眼花了咧！」

夫妻倆胡亂收拾了行李，下樓在街上站了半天，才招到一輛計程車。

由於胎兒的臍帶繞頸，太太分娩時是剖腹而非自然產。在醫院催生了三十幾個小時之後，肚子還是免不了要挨刀。此一結果，讓方志宏與太太同感沮喪。

「非剖腹不可嗎？能不能再等一等？」

方志宏質問接生的醫師。說穿了，他不樂見太太的身體留疤。

「不剖腹的話，胎兒會保不住。你要賭賭看嗎？」

醫師警告方志宏道。

所幸手術很快也很成功。半身麻藥未退的太太虛弱地躺在病床上，被推到恢復室內休息。

護士將甫脫離羊水的兒子清洗好，抱到恢復室給方志宏看第一眼時，出現在方志宏視野內的，是一個髮量稀疏、渾身又紅又皺的小肉團。

小肉團剛蓋完腳掌紋的腳底藍藍的；腳踝掛著供辨識用的套環。

「體重三千五百公克，頭好壯壯。」

戴著口罩的護士稱讚說。

小肉團臉上的雙目閉得老緊，嚎啕聲震天價響。

「哇——哇——」

聽久了，方志宏的耳朵隱隱作痛。護士對他打趣道：

「你兒子的肺活量很不錯哩！」

「是啊。」

方志宏盯著兒子大開的嘴，樂陶陶地回道。猛然間，他在兒子左大腿的內側發現一處橢圓形的胎記，忙求教於護士。

「你放心。那種胎記呀，長大就消了。」

護士一副「看多了」、「沒什麼」的表情，他這才放寬心：

「喔，長大就會消啊？那就好。」

他疼惜地握住太太的手，在心中勾勒兒子未來的同時，也不自覺回溯起自己的前半生來。

打從發生在十二歲生日前夕的那樁慘劇起，方志宏的人生就像是受了詛咒似的，再沒怎麼順遂過。

首先是小學畢業後，他的功課就每況愈下。

數學、理化等科目一塌糊塗就認了，畢竟擅長運算與理解能力的人本佔少數。但連歷史、地理這種純粹背誦性的科目，他也能考個滿江紅。

背了就忘、背了就忘。有好幾次段考，甚至他的歷史與地理分數加起來，都還不及格。

老師都說，「一分耕耘，一分收穫」；胡適也說過，「要怎麼收穫，先怎麼裁」。在課業上，不管方志宏怎麼努力耕耘、怎麼努力栽，成績始終不見起色。栽了半天，收穫沒有，倒是屢屢在考試時栽了跟頭。

他這種程度，在報名高中聯考前，自己心裡也有個數。可他還存著一絲僥倖，幻想出身放牛班的自己能鹹魚翻身，跌破一票專家的眼鏡。

考前一個月，他狂開夜車，讀到三更才上床去睡覺。

「我要讓大家刮目相看！」

他如此自我砥礪。考前一天，他自信滿滿地去看考場，對照他的准考證號碼，找到了他的考試座位。

所謂的座位，不過就是一個不起眼的中學課桌椅。

舊舊的桌面上，一條條刀片的刻痕，以及用原子筆塗鴉的髒話和情色圖案，清晰可辨。

他對著刻痕、髒話與情色圖案雙手合十，為自己的考運誠心祈福。

放榜那天，方志宏站在學校圍牆的榜單前來回查看，眼睛都快看成鬥雞眼了，還是看不到自己的名字。

「怎麼這樣啊？好歹我也臨時抱了佛腳——」

他仍不死心。直到日落西斜為止，他一共在榜單上檢查了六十五遍之多。

「唉——」

於是，幻想終歸是幻想。自我砥礪不過是自我催眠，考前祈福也是枉然。自己被打回原形，名落孫山。

落榜的感受，一言以蔽之，就有如被全世界遺棄了一般。那陣子，他就像是洩了氣的皮球一樣無精打采。

家人問他要不要重考。

「不要了。」

他搖搖頭拒絕。關於讀書、考試，他已經沒勁了。最後，他決定投入實用的技職體系，去唸了高職的美工科。

其次，考場失利的方志宏，在情場上也不怎麼吃得開。

高職一年級時他情竇初開，喜歡上同科的一位學姊。

學姊的膚色很白，留著清湯掛麵的短髮，兩個眼睛細細的，個頭修長，氣質清新。

他打聽了很久，才打聽出她的名字；鼓起勇氣，寫了封情書給她。

等了幾個禮拜，學姊沒有回音。他再接再厲寫了第三封、第四封，託學姊班上的同學轉交給她。

寫到第七封時，他終於收到了學姊的回信。

信紙上只有一行字：

請你不要再寫信給我了。

一個月後他重施故技，再對別科的一位女孩發動情書攻勢。那位大眼睛的女孩膚色黝黑，是學校裡的運動健將，與學姊的氣質截然不同。

這次，他只寫了兩封信，就被對方拒絕了。

寫情書不成，當面邀約則更慘。他曾經在一個星期內連續被十六個女生婉拒，尊嚴掃地。

他攬鏡自照。我方志宏的相貌，其實並不輸人。

他身高雖不高，也不致太矮；體重沒有過胖，也沒有過瘦。昔日臉上的青春痘，如今也褪得差不多了。

自己有禿頭嗎？有白頭髮嗎？都沒有啊！

到底問題出在哪裡？有位班上的女同學這麼回答他過：

「大概是你怎麼看，都是一副失魂落魄的樣子吧。」

失魂落魄？是嗎？

這八九不離十，是跟發生在自己十二歲生日前夕的那樁慘劇有關吧。

到高職畢業，他都沒有交過女朋友。看來，自己沒有什麼異性緣，是個不爭的事實了。

連現在的太太，也是經由相親而結婚的。這麼窩囊的人生，兒子可千萬不能重蹈覆轍……

「你在發什麼呆啊？」

恢復室內的太太慘白著臉，用氣聲問著方志宏。

「沒什麼。」他整理思緒：「我是在幫兒子想名字。」

「喔？想好了嗎？」

他沉思片刻，靈機一動道：

「無論如何，兒子的名字裡，一定要有個『健』字。」

我的漫畫札記

編號第十四號

〈名稱〉漫畫大王週刊第十四期。

〈取得方式〉

趁媽媽在廚房準備晚餐的空檔，爸爸悄悄溜進我房間，手探入背後鼓鼓的厚紙袋，小心翼翼地塞給我。

「不要讓你媽媽發現。」爸爸說。

「遵命。」我說。

〈尺寸〉長約十八點五公分、寬約十三公分。

〈訂價〉新臺幣十元。

〈目錄〉

1. 紅舞鞋（十四）。
2. 超人——力霸王衛司（四）：力戰雅普人之篇。
3. 宇宙的旅行。

4.孫悟空（十四）：小聖戰大聖。

5.牛家班（十四）。

〈備註〉

中華民國六十五年十月二十九日發行

封底背面的這行白紙黑字，證明爸爸照例在週刊發行日當天就幫我買到了。

爸爸真好！

第三章

「起立！」

「立正！」

「敬禮！」

在班長這三句清脆的口令後，響起的是全班同學零零落落的聲音：

「謝──謝──老──師──」

被怠慢的男老師向同學報以微笑。他將國小二年級下學期的常識課本夾在腋下，踩著舊皮鞋緩緩步出教室，似乎也不怎麼介意。

結束了整天的課程，同學旋即鼓噪喧鬧，展開每日放學前的例行掃除工作。

腦後紮著兩條麻花辮子的班長拿了一張紙走上講臺。

她依照紙上的座號順序，用有如銀鈴般動聽的音色，宣讀起新分配下來的掃除區域：

「一號：內掃區，班上窗戶，左排。

「二號：內掃區，班上窗戶，右排。

「三號：外掃區，操場跑道。

「四號：外掃區，操場跑道。」
「五號——」
「六號——」
……
「二十七號：外掃區，三樓男生廁所。」
「二十八號——」
阿健懷疑自己的耳朵是不是聽錯了。他逕上講臺，畏畏縮縮地舉起右手。
麻花辮班長瞧了他一眼，問道：
「有事嗎？」
「班長，妳說二十七號的掃除區域是？」
二十七號正是阿健的座號。麻花辮班長不假辭色道：
「我剛才不是說了嗎？你沒在聽啊？」
「可以再說一次嗎？」
麻花辮班長低頭注視手上的紙，重新宣讀道：
「二十七號：外掃區，三樓男生廁所。」
「男生廁所？班長，不公平！為什麼我要掃廁所？」
阿健愁眉苦臉。

「這是級任導師分配的，不是我分配的。」麻花辮班長公事公辦：「有疑問不要找我，去找級任導師，他在辦公室裡。」

拜託，級任導師那麼兇，我怎麼敢去找她啊？阿健沒將這句話說出口。

他悻悻然回座。麻花辮班長繼而對臺下發號施令道：

「大家立刻到儲藏室領取清掃用具，前往各掃除區域各就各位！」

阿健拎著一支掃帚、一支拖把與一個爛畚箕，心不甘情不願地前往三樓最邊間的男生廁所。

進了男廁，他赫然發現自己並不孤單。

在裡面抓住拖把後柄，將拖把頭浸在水桶裡使勁旋轉，然後抽起拖把在拖著地的胖男生，是在教室裡坐在他後座的同班同學。

「哎呀，這不是許肥嗎？」

他大聲喊出胖男生的綽號。許肥發出低啞的喉音，放聲駁斥：

「不要亂叫！我叫許家育，不叫許肥！」

「少囉唆，許肥就是許肥。你也被分配來掃男生廁所啊？」

「廢話，不然我幹嘛來？」

「原來，我們還真有緣呢！」阿健幸災樂禍。

「誰跟你有緣啊？」

「不要否認嘛。但是，你怎麼還沒掃地，就先在拖地了呢？」

「廁所不需要掃啦！」

「誰說的？不先掃地怎麼可以拖地？」阿健糾正許肥。

「廁所的地板那麼濕，怎麼掃啊？」

「還是要掃啊。你沒掃地就先拖地，我要去告級任導師。」

阿健作勢要轉身而去。許肥忙攔住他：

「喂！阿健！」

「幹嘛？」

「你真的要去告導師？」

「男子漢大丈夫，說到就要做到。」

「好啦！」許肥摸摸鼻子：「我先掃地就是了，你不要去打小報告啦。」

「知錯能改，這還差不多。」阿健得了便宜還賣乖：「罰你替我掃地與拖地。」

「什麼？哪有這樣的！」

許肥氣得把拖把摔在地上。

「你不要也行，那我就去告導師。怎麼樣？」

「──」

「怎麼樣啊？」
「我替你掃地就是了。」
許肥這話從他咬緊的牙縫中說出。阿健提醒他道：
「還有拖地呢，別忘了。」

許肥的心中滿是怨懟。
他目睹阿健手持拖把沾水，在廁所的地板上隨性塗鴉，將掃除工作當成是美勞課的戶外寫生般悠哉。
「唔唔——哇哇——哦哦哦——」
阿健的嘴裡還哼著不知名的歌曲助興。
許肥自己卻要強忍著臭哄哄的屎尿味，一個人做兩個人的事，掃帚、拖把並用力在廁所的大便間與小便斗間揮汗如雨、忙進忙出，全都是被阿健所逼。
此仇不報非君子！許肥打定主意，要利用他身上的「配備」扳回一城。
「阿健啊。」
他開口道。阿健沒理他，繼續哼著歌。
「阿健！」
「幹什麼啦？」

「你應該看過科幻漫畫《鐵霸王》吧？」

許肥問。阿健回嘴道：

「這套漫畫是大型機械人系列的經典之作。如果沒看過的話，我還配稱為阿健嗎？」

「那你可以回答我一個問題嗎？」

「你問！」

「《鐵霸王》全集，一共有幾部呢？」

許肥的口氣不懷好意。阿健不假思索道：

「五部。第一部書名：《鐵霸王》；第二部書名：《真假鐵霸王》；第三部書名：《強霸鐵人》；第四部書名：《鐵霸王的危機》；第五部書名：《鐵霸王地獄戰》。」

「你背得很熟嘛。」

「那可不？」阿健洋洋自得。

「可是，這是正確答案嗎？」

「什麼意思？」

「你真的認為，《鐵霸王》全集只有五部嗎？」

許肥搖頭晃腦地說。

比起人如其名的體型，許肥更教阿健受不了的是他仗著常跟住在民生東路新社區的表哥廝混，而動輒裝出超齡的做作口吻。

就像他說這句話時的語調，與其說是在詢問，不如說他是在挑釁。阿健放下拖把，兩眼直視著許肥。

「我說《鐵霸王》全集只有五部，《鐵霸王》全集就只有五部。」阿健回嗆道：「如果有出第六部，那一定是你許肥畫的。」

許肥噗哧一笑，口水噴出嘴外。

「你笑什麼？」

「你說《鐵霸王》第六部是我畫的？」許肥捧腹道：「對不起，這實在是太好笑了！」

「該不會被我說中了吧？」

「怎麼可能呢？」

許肥笑著用袖子擦嘴。

「喂！你笑夠了沒啊？」

阿健惱羞成怒。許肥好不容易斂起笑容，正色道：

「兇什麼？你這個執迷不悟的傢伙。看來不見棺材，你是不會掉淚的。」

他將清掃用具集中在左手，騰出右手伸進自己的冬季制服外套裡摸索。穿透廁所窗繻的點點殘陽，則灑在他寬厚的背脊上。

在他微掀的外套下襬與褲腰帶縫隙間，冒出被他藏匿的漫畫書，印有「鐵霸王●大魔神：合勦惡魔怪——地獄城」字樣，以及鐵霸王機械人圖像的書皮。

是阿健從沒看過的書皮！

許肥扭曲著面孔，揚聲道：

「看到沒有？這就是《鐵霸王》第六部！」

阿健對著書皮目瞪口呆。許肥乘勝追擊道：

「請問，我一個國小二年級的學生，畫得出這種水準嗎？」

「怎麼會？你怎麼會有這本？」阿健不敢置信。

「輸了吧？」

「怎麼可能——」

「告訴過你了嘛。」

「借我看！」

「不借！」

許肥鬆開右手，外套下襬隨即遮擋住藏在他腰際的《鐵霸王》漫畫書。阿健急問：

「為什麼不借？」

「不為什麼。」

「小氣鬼！」
「你懂什麼？這本書不是我的。」
「那是誰的？」
「是我表哥寄放在我這邊的。」
「我就知道，又是你表哥！除了他還有誰？」
「嘿嘿。」
「你表哥人又不在這裡，你先借我看一下會死啊？」
「不行，我答應過我表哥，不能借人。」
「幹嘛？你表哥了不起啊？」
「他住在民生東路新社區耶。」
許肥高傲的口吻，著實惹惱阿健。
「喔？住在民生東路新社區的是人，我們住在中和鄉的就不是人嗎？」
「我有這樣說嗎？」
「那你就搬去跟你表哥住啊！」
「你兇屁啊？」
「怎樣！」
「怎樣！」

「怎樣！」

「怎樣！」

阿健與許肥互罵道。若非麻花辮班長適時現身，劍拔弩張的他們恐怕會一發不可收拾。

「你們兩個不認真打掃，在吵什麼？」

四出巡視外掃區域的麻花辮班長兩手扠腰，遠遠地站在男廁門外，厲聲制止他們。

「班長，妳來得正好。」阿健藉機告狀：「許肥他違反校規，帶漫畫——」

許肥迅雷不及掩耳地摀住阿健的嘴，並作哀求狀。

「你說什麼？」

門外的麻花辮班長高分貝問道。男廁內一片寂靜，無人應答。

礙於自己的女性身分，麻花辮班長也無法進入男廁一探究竟。她清清喉嚨，再向門內問了一遍，還是無人應答。

「他們在搞什麼啊——」

這時，阿健掰開許肥摀在他嘴上的手，向許肥點點頭，接著對門外的麻花辮班長胡說一氣：

「沒什麼，我是說許肥快搬家了啦！」

「搬家？」
「他要搬去民生東路他表哥家。」
「為什麼要搬去表哥家咧？」
「為了愛。」
「啊？為了愛？」
「因為他深愛著他的表哥，他要跟他的表哥長相廝守。」
「他愛他表哥？什麼跟什麼啊？」
許肥對阿健做出「你在亂講什麼啦」的無聲嘴形。阿健看了，竊笑不已。
「許家育！你什麼時候要搬家？」
門外的麻花辮班長又問。阿健搶話道：
「馬上就要搬了。」
「馬上？那麼急？」
麻花辮班長一個踉蹌，差點踢倒被阿健擺在男廁門外的水桶。
「哪有？班長，我決定不搬了啦。」
許肥忙道。
「為什麼又不搬了？」
「因為我沒有深愛我表哥啦！」

遇到漂亮女生就沒轍的許肥，別過羞紅的臉專心掃地，徒留駐足男廁門外的麻花辮班長一頭霧水。

晚飯後，阿健直奔三樓周家。

他跑進周哥哥的房間，搬出從漫畫裡學來的俗諺：

「無事不登三寶殿。我又來了！」

「歡迎啊！今天是要來找哪一套漫畫？」

端坐在鋁桌前看漫畫的周哥哥，雖然雙眼隔著厚重的近視鏡片，他還是能捕捉到阿健平和表情的弦外之音，一語道破後者的來意。

不愧為明星高中二年級的高材生。

「我來找《鐵霸王》漫畫第六部。」阿健說。

「第六部嗎？」

周哥哥蹲在鋁桌底下的雜物堆前，兩手仔細翻弄著。

他的雜物堆裡有挖也挖不完的寶。難怪他接阿健的招時，總是接得從容不迫。

阿健不放心地從旁提點：

「又名『合勤惡魔怪』喔。」

「我知道。合勤惡魔怪——合勤惡魔怪——《鐵霸王》漫畫第六部——」

由於人蹲著，周哥哥的聲音聽起來悶悶的。

「啊！找到了！」他說：「合勦惡魔怪的第一卷，就壓在《漫畫大王週刊》第十三期的附贈勞作『飛行塔』下面。」

「第一卷？這麼說，還有第二卷囉？」

「沒錯！合勦惡魔怪的第二卷，就是《鐵霸王》全集的第七部。」

周哥哥慷慨地把兩卷合勦惡魔怪都交到了阿健手上，讓阿健樂得合不攏嘴。

合勦惡魔怪第一卷的前一百四十五頁，描述男主角「金得勝」操縱的鐵霸王號、女主角「張玉燕」操縱的「新美那斯A號」、「陳東海」操縱的「勝利號」、「蕭武臺」操縱的「獅王號」、「羅麗芬」與「羅麗芳」姊妹操縱的「美女號」組成了「機械人軍團」，對決反派「阿修羅男爵」指揮的「海底要塞」、「巴魯特伯爵」指揮的「空中要塞」、「司令」操縱的「地獄城」所組成的「地獄軍團」。

這場殊死戰殺得天昏地暗，什麼美女號、勝利號、獅王號、新美那斯A號均一一敗下陣來。

技高一籌的鐵霸王最終使出撒手鐧，大破地獄軍團。司令、阿修羅男爵、巴魯特伯爵等壞蛋惡有惡報，下臺一鞠躬。

然而，第一百四十六頁到第一百九十二頁的劇情卻急轉直下。鐵霸王居然慘遭新反派「黑魔大將軍」手下的「人身怪」與「魚形怪」機械獸毒手，兩三下子，就給打得落花流水。

原以為已亡於飛機失事的金得勝之父，以半血肉半機械的型態起死回生，創造出威力猶勝鐵霸王的「大魔神」。所以，金得勝與張玉燕雙雙飛去國外留學後，保衛地球的重任，就由「陳家偉」所操縱的大魔神接手——

「合勤惡魔怪第二卷的故事發展，恰好與第一卷相反。」阿健在人行道上對許肥娓娓道來：「前一百四十七頁是大魔神力抗『魔魚美露斯機械獸』、『魔可寧魯機械獸』、『章魚怪機械獸』、還有『人形怪戰鬥獸』、『鳥怪戰鬥獸』、『昆蟲怪戰鬥獸』、『惡靈怪戰鬥獸』、還有『魚類怪戰鬥獸』、『猛獸怪戰鬥獸』、『爬蟲怪戰鬥獸』、還有黑魔大將軍、『惡靈將軍哈麗拉斯』的獨腳戲。」

他頓了頓，道：

「後四十四頁呢，是大魔神與鐵霸王聯手出擊，消滅『惡魔星人』的首領『地獄大帥』，世界恢復和平！」

話音甫落，他握緊自己的右拳，耍帥地揮向天際。

「光用聽的，不過癮啦！」

許肥說。昨天還在學校的男廁裡不可一世的他，不惜與綿延了整條人行道的放學路隊若即若離，苦苦糾纏著落單在路隊後的阿健。

風水輪流轉。今天輪到他眼神盯住阿健左腋下的合勸惡魔怪第二卷書皮不放，並對阿健雙掌合十，求爺爺告奶奶。

「怎麼會？你怎麼會有這本？」

「輸了吧？」

「怎麼可能——」

「告訴過你了嘛。」

「借我看啦，拜託。」

「不借。」

「為什麼不借？」

「不為什麼。」

「小氣鬼！」

「你懂什麼？就跟你的合勸惡魔怪第一卷一樣，這本書也不是我的。」

「那是誰的？」

「是住我家樓下的周哥哥寄放在我這邊的。」

「周哥哥？什麼周哥哥啊？」

「呵呵。你有你表哥，我有周哥哥，大家平分秋色。」

「你的周哥哥他人又不在這裡，你就先借我看嘛。」

「不行，我答應過周哥哥，不能借人。」

「借一下啦。」

「嘿嘿，你想都別想。」

阿健將許肥啞著嗓門的懇求聲拋諸腦後，步履瀟灑地踩在夕陽下，絕塵而去。

這股鐵霸王漫畫的風潮，非但沒有隨阿健的二年級學年結業而稍獲平息，反倒因為電視臺在緊接著的暑假裡強打《無敵鐵金剛》卡通，而變本加厲。

卡通首播當晚，全臺灣的小鬼頭們爭睹漫畫書裡的鐵霸王夾著炫麗的聲光效果，活靈活現地躍上螢光幕，各個熱血沸騰。

在電視機前狂接著同學來電的阿健，也不甘示弱地撥出十來通電話，昭告天下道：

鐵霸王正名為無敵鐵金剛囉——

帥氣的金得勝，正名為「柯國隆」——

美麗的張玉燕，正名為「余莎莎」；她爸爸張教授，正名為「余教授」——

白髮長鬚的地獄軍團司令，正名為「赫爾博士」——

不男不女的阿修羅男爵，則正名為「雙面人」——

有了電視卡通推波助瀾，阿健與同學們的漫畫競逐更加白熱化，相互較勁得如火如荼。畢竟誰能夠亮出最齊全的數量與最稀罕的版本，誰就能在敵友親疏的人際網絡中獨占鰲頭、呼風喚雨。

因此，阿健逗留在書局、文具行、公車票亭、書報攤與雜貨舖的時光愈久，對漫畫書的需求就愈大。到後來，被他看上眼的每件標的物，他都勢在必得；回家後他轉手給爸爸的購書清單，也愈列愈長。

第四章

就在太太坐完月子的第三天，方志宏所屬的公司部門更換了主管。乍來報到的主管高大英挺，兩邊的髮鬢推得平平的，戴一副淺色的細框眼鏡，氣質斯文，是個留過洋的新貴。

「我的英文名字是法蘭克。Frank，f-r-a-n-k。以後在公司裡，各位叫我法蘭克就好了。」

初次主持部門會議的他這麼自我介紹道。

這間公司的主管從來沒有容許部屬直呼其名的。有喝過洋墨水的人，作風果然新潮。

「我在臺灣的大學畢業後，當了兩年兵，就到美國攻讀研究所。」

法蘭克接著中英文交雜，追憶起他在異鄉求學的甘苦，聽得沒出過國的方志宏一知半解。

方志宏只知道，坐在會議桌主位的這位仁兄不但拿了學士學位，還在老外的地盤裡拿了碩士學位。

這麼會唸書，與自己簡直是兩個世界的人。方志宏對法蘭克的敬佩，油然而生。

其次，法蘭克分享了他學成歸國以來，在外商金融圈打滾多年的經驗。他妙語如珠、語帶詼諧，還不忘挖苦他的前東家幾句。

「像我這種學、經歷的人，來到這麼一家本土企業，不是很奇怪嗎？能夠適應得好嗎？各位也許會這樣存疑。」

技術上來說，法蘭克在公司中還處於試用階段；但心態上與言談間，他已然當自己是個正式員工了。

他輕撥繞在他雙肩上的吊帶，繼續說道：

「我想，公司之所以破格錄用我，就是期許我能為既有的組織文化激盪出新的火光、展現出新的氣象。」

高層是這樣想的嗎？天知道！

方志宏的同事們一聲不吭，靜靜地坐在會議室裡聽這位新主管發言。

「所以，我希望能在各位的鼎力相助下，竭盡所能完成公司交付的這項神聖使命！」

嘴角上揚的法蘭克眼神望向遠方。他說得慷慨激昂，彷彿是要勉勵出征的戰士一般。

他調回眼神，環視他的新部屬們一圈後，再追加了這句話：

「當然，我個人定會以身作則，加倍地努力，絕不會讓各位失望！」

這句話鏗鏘有力，迴盪在會議室內久久不散。

方志宏不禁被如此堅定的結語所感染。他頻頻點頭，並大力鼓掌，將手心拍得通紅。

法蘭克頷首。他站了起來，受用地拍拍方志宏的肩膀。

「謝謝。」他說。

「不客氣，應該的。」

方志宏說。兩個人一搭一唱，就像套招套好的一樣。

然而，其他人你看我、我看你之後，鼓起掌來的勁道，就沒有方志宏那麼捧場了。

這一切，都被法蘭克看在眼裡。他決定將方志宏倚為左右手，逐步建立起自己在公司裡的派系。

「經理，我們——」

「我不是說過了嗎？叫我法蘭克就好了。」

「是，法蘭克，我們——這麼大搖大擺地走出公司大樓，這樣好嗎？」

「有什麼不好的？」

「現在——是上班時間耶。」

「So？」

「我們是後勤部門，不是業務部門。上班時間，我們應該待在辦公室的座位上才對。」

「你的觀念完全錯誤。不，應該說是公司灌輸給你的觀念完全錯誤。」

「——」

「即使是被關在監獄裡的囚犯，也都享有出去放風的權利，不是嗎？」

「是啊。」

「就是啊！既然如此，何以後勤部門的員工就要被剝奪行動的自由？難道我們比囚犯還不如嗎？」

「你這麼一說，好像也有點道理。」

「人一直被關在室內，不是會生銹，就是會發霉。」

「說得好。」

「況且，我們又不是蹺班出去玩樂，是要去辦正經事的。」

「哦？」

「你看這張文宣。我們啊，是要去參加這家公司舉辦的講習活動。」

「這種活動，好像是要先報名才能參加的——」

「別擔心，我前天已經幫我們兩個報好名了。」

「動作那麼快？」
「時間就是金錢。機會不等人，稍縱即逝。」
「法蘭克，您果然高瞻遠矚。」
「講習快開始了，我們坐計程車去吧。」
「啊？計程車？」
「怎麼了？」
「好像——太奢侈了。」
「放心，我不會要你出車錢的。」
「那你——」
「我自己也不會出的。」
「那誰出？」
「公司出。我先墊，然後報公帳。」
「這樣好嗎？」
「Don't worry！Don't worry！」
類似的對話，一週最少會上演個兩、三次。
也就是說，每隔一、兩天，法蘭克就會心血來潮，在上班時間帶著方志宏外出，跑遍各類活動。

「你們經理咧？」

「報告董事長，經理他不在。」

「又不在？」

飄忽不定的行蹤，讓習於就近監控員工的高層對法蘭克傷透腦筋。

此外，法蘭克送去會計單位核銷的交通費單據成疊，名目也站不住腳，常常教會計單位一個頭兩個大。

「你們經理到底知不知道他自己在幹什麼啊？」承辦人怨聲載道：「他以為公司是他開的嗎？」

即使人在公司，法蘭克也像個過動兒一樣，很少待在他的座位上。

他一下子跑到樓上的A部門嗑瓜子二十分鐘、一下子跑到樓下的B單位串門子一個鐘頭。對此，他解釋道：

「我這個呀，是叫作『走動式管理』。」

他還有一點很讓高層感冒，那就是愛在主管會議中開炮。

公司不夠大方啦、公司太保守啦、公司不體恤員工啦、公司缺乏前瞻性啦等等，惹得高層不悅，臉上青一陣紅一陣地。

或是提出一些不中聽的臨時動議，譬如開辦什麼family day、尾牙抽獎與員工旅遊，以及鼓勵員工積極進修兼報考證照云云。

這些臨時動議，要不就是會多花公司的錢、要不就是會降低公司的生產力，樣樣都忤逆到高層。

「我這是要為既有的組織文化激盪出新的火光、展現出新的氣象。」

他總喜歡搬出這句話來據理力爭。如果高層還是置之不理，他就會用諸葛亮的名言恐嚇道：

「我不會退縮的。我要為公司鞠躬盡瘁、死而後已。」

很遺憾地，公司不給他當諸葛亮的機會。

就在法蘭克的試用期屆滿的前一天，方志宏向公司請了事假，帶兒子去大醫院的耳鼻喉科就診。

起因是他在幫兒子洗澡時，蓮蓬頭沒拿穩，不小心讓水流進兒子的耳洞裡，導致兒子哭鬧不休。

他為此慌了手腳，自責得不得了。

診斷結果是兒子的中耳內有輕微發炎。看到醫師振筆疾書開的藥單時，方志宏與太太總算放下心中的大石頭。

太太敲叩他的太陽穴，說道：

「下回給我當心一點！」

隔天他進公司時，超過打上班卡的時刻五分鐘、十分鐘、半小時、一小時、兩小時甚至一個上午後，辦公室內都遲遲見不到法蘭克的蹤影。

到了中午用餐時間，法蘭克還是沒有出現。方志宏再也忍不住了，厚著臉皮，向已形同陌路的同事們打探。

「法蘭克啊。」同事事不關己地說：「他回家吃自己了！」

「啊？」

「昨天他接到通知，要他從今天起不必來公司了，就這樣。」

「怎麼會——」

「其實，公司對他已經仁至義盡了。要知道，董事長已經容忍他作威作福很久了。」

難得碰到一個器重自己、對自己推心置腹的好主管。法蘭克的離去，讓方志宏深受打擊。

儘管法蘭克有諸多缺點，譬如二百五、一根腸子通到底、不太懂得察言觀色與見風轉舵等等，但畢竟他待方志宏不薄。

從今爾後，方志宏在公司裡真正是孤立無援了。

他下班回家時，太太正在睡覺。他把滿腹委屈，都對躺在嬰兒床上的兒子訴說。還沒講幾句話，四個月大的兒子就眉頭一皺，哇哇大哭起來。

嬰兒無法藉言語與肢體溝通，所以「哭」是他們唯一的法寶。兒子尿尿了，也哭；大便了，也哭；肚子餓了，想要喝奶，也哭。要人抱時，他也哭；抱得不合他意，坐著抱他而沒有站著抱他，並且將他左搖右晃到服服貼貼時，他也哭。

從早哭到晚。一日之中，他吵鬧的時刻，遠多於安靜的時刻。至於讓他哭得最為忘情地，當屬睏意上身而想睡覺時。他會施盡渾身解數聲嘶力竭，搭配著揪成一團的五官，以及向上齊舞的小手與小腳。彷彿全世界都對不起他，全世界都虧欠他一樣。

某天夜裡，方志宏抱著兒子足足哄了一個多鐘頭，還是哄不睡。把腦海裡能記得的兒歌全唱遍了，嗓子也用啞了，兒子依然鬼吵鬼叫地，不買帳就是不買帳。

無計可施，方志宏只好舉白旗投降。他將兒子放回嬰兒床，關起房門，摀著耳朵逃回主臥室。

「兒子睡了嗎？」

躺在床上的太太翻過身來問。方志宏說：

「妳沒聽到他的哭聲嗎？」

惺忪的太太側耳傾聽後，說道：

「既然他還沒睡，你過來幹嘛？」

「我不行了。」方志宏嘆氣道：「他簡直就是個撒野的小惡魔。」

「怎麼會有這種爸爸？說自己的兒子是惡魔！」

「這只是一種形容詞。」

「哪有這樣形容自己的兒子的？」

「但是他真的很難帶嘛！又固執又倔強。」

「那不是跟你一樣？」

「我哪有？我很隨和的。」

「你很隨和？那你為什麼跟你的同事處不好？」

太太話一出口，方志宏就義憤填膺起來：

「我清清白白、行得正坐得正。我跟他們處不好是他們的問題，不是我的問題。」

「那麼巧？你那麼多同事都有問題，就你一個人沒問題？」

「可不是嗎？而且，我跟法蘭克就處得很好啊！」

「法蘭克也是號問題人物，不然你們公司不會叫他走路。」

「妳的立場是站在誰那邊啊？法蘭克是好人。他是忠言逆耳，才被公司逼走的。」

「他就是過於對事不對人，才會落得那種下場。」

「對事不對人有什麼錯呢？」

「大錯特錯！我已經告訴過你好多遍了。在組織裡，人和比什麼都重要。」太太嘮嘮叨叨：「對事不對人的後果，就是得罪人。」

「什麼嘛！」

「法蘭克就是個活生生的例子；你方志宏呢，也是個活生生的例子。」

「講得好像妳很懂職場生態一樣。」

「老娘也是在外面上過班、打過滾的好不好？現在是因為幫你生兒子、帶兒子，才賦閒在家的。」

「什麼叫作幫我生兒子、帶兒子？」

「他不是你的兒子嗎？」

「他只是我一個人的兒子嗎？他不也是妳的兒子？」

「他是跟你姓『方』喔。」

「怎麼會有這種媽媽？搬清自己與兒子的關係！」

「好啦，言歸正傳。你呀，應該想想辦法，跟你的同事們重修舊好。」

「我們沒有舊好。我跟他們一開始就不合了！」

「你看，你的個性就是這麼彆扭！」

「我實話實說罷了。」

「反正你要放低身段，先學著每天跟他們噓寒問暖。」

「要我先跟他們噓寒問暖？免談。是他們對不起我，不是我對不起他們。除非，他們先來向我賠罪。」

「你是誰啊？誰會向你賠罪？」

「不向我賠罪，那就免談。」

「你這麼剛愎自用，不聽我的勸告，要怎麼繼續在公司待下去呢？」

一言驚醒夢中人。

「妳說得好極了，我決定離職！」方志宏說。

「你在意氣用事什麼啊？」

「反正我也受夠這間公司了。」

「你還有家累呢，不要開玩笑了。」

「奇怪了，難道全臺灣只剩下這間公司了嗎？我不能去別間公司嗎？」

「原來你是想要跳槽啊！嚇我一大跳。」

「此處不養爺，另有養爺處。」

「可是，你的個性還是要改啊。」

「哎唷，妳有完沒完啊？」

「說真的，你的個性要是不改，到哪間公司都是一樣。」

「妳幹嘛詛咒我啊？」

「我可不希望看到同樣的事件屢次重演。」

「妳要我怎樣，才肯罷休呢？」

「我要你別那麼死心眼。你就試著跟同事打聲招呼，少不了你一塊肉的。」

「等去了新公司，我會試試看的。」

「不用等到去新公司。明天上班時，你就可以試了。」

「我都要離職了，還要跟那些傢伙打什麼交道？」

「你看你，又來了！你怎麼就是不明白與人為善的重要性？」

「不是我不與人為善，是人家不與我為善。」

「算了算了，隨便你。可是，兒子哭成那副德行，你總不能撒手不管吧？萬一吵到鄰居了怎麼辦？」

「那我也沒辦法了。」

「萬一鄰居上門來抗議怎麼辦？」

「不會吧。」

「鄰居報警呢？」

「有那麼嚴重嗎？」

「別耍嘴皮子了！」

「我已經顧他顧了一個鐘頭了，筋疲力盡。換妳！」

「我不去！」

「妳算什麼媽媽啊？」

「除非，你明天上班時，要跟同事打招呼。」

「什麼跟什麼啊？」

「二選一。你答應我明天去跟同事打招呼，我現在就去顧兒子；你不想打招呼，那麼你現在就得去顧兒子。」

「妳說笑的吧？」

「不，我是認真的。」

方志宏只看了太太五秒鐘，就下定決心，大步邁出主臥室：

「我去顧兒子。」

「等一下！」

方志宏停住腳步。

「怎麼了？妳反悔了？」他問。

太太無可奈何地搖頭。

「不是反悔，我只是要提醒你一件事。」她說。

「什麼事？」

「拜託你先談妥下一個工作後，再向現在的公司請辭；而不是先向公司請辭後，再去談下一個工作。」她從床上坐起上半身：「順序不要搞錯了。」

方志宏走回隔壁房間，從嬰兒床上抱起兒子。一手環繞住兒子身軀的他，另一手托住兒子的後腦勺，保護著小嬰兒無法自主使力的頸部。

「你最乖了，不哭、不哭喔——」

方志宏哄道。

兒子無視他的呵護，哭得更加來勁。

「不哭不哭、不哭不哭——」

從兒子那柔軟而脆弱的頸部裡面，竟能鼓動出這麼洪亮的哭聲，實在令方志宏嘆為觀止。

既然正規的哄法無效，他索性不按牌理出牌，突發其想地把嘴附在兒子耳畔，連連低喃道：

「媽媽什麼都不懂，也不瞭解爸爸的感受。

「爸爸恨這間公司恨得要死，連一分鐘都不想多待下去。媽媽她哪會明白爸爸的痛苦？

「你支持爸爸，還是支持媽媽？

「你支持爸爸好不好？

「我們不要理媽媽說的。爸爸先向這間討人厭的公司請辭，再去談下一個工作，你覺得如何？」

「爸爸先發制人，把這間公司一腳踢開，踢到外太空去！」

方志宏喋喋不休。說也奇妙，兒子似乎心有靈犀一點通。

他扭動在方志宏懷裡的小身軀漸漸平復下來。穿透方志宏耳膜的嚎哭聲，也慢慢轉弱為尋常的抽抽噎噎。

方志宏對兒子的反應驚喜不已。他問兒子道：

「這代表你是支持爸爸囉？」

問完，兒子就靈巧地張大眼睛，完全安靜下來。

「就當你是默認吧。」他低頭在兒子臉頰上一吻：「太棒了，果然是我的乖兒子！」

我的漫畫札記

編號第七十三號～第七十七號

〈名稱〉無敵鐵金剛第一卷～第五卷。

〈取得方式〉

爸爸搖醒趴在書桌上打瞌睡的我。

「天啊，三更半夜了！」

我端詳他左腕配戴的手錶後驚呼。

「媽媽這陣子盯爸爸盯得很緊，爸爸脫不了身啊。」

輕輕鎖上我房門的爸爸像個賭場發牌員一樣，一本一本地發給我一、二、三、四、五、六、七、八、九、十本漫畫。無敵鐵金剛五本，大魔神五本。

「等得不耐煩了啦。」

「抱歉。老話一句，不要讓你媽媽發現。」

「知道了啦。」

我甩甩手，草草打發掉爸爸。

〈尺寸〉長約十七公分、寬約十一公分。

〈訂價〉每卷特價新臺幣二十元。
〈目錄〉
無敵鐵金剛第一卷：
1.無敵鐵金剛的誕生。
2.無敵鐵金剛的殲滅戰。
3.魔鬼F3號的登場。
4.大回轉攻擊。
5.無敵霸王的出現。
無敵鐵金剛第二卷：
1.尖角怪V3號。
2.雷電人S1號。
3.無頭伯爵D5號。
4.無敵鐵金剛對妖鳥。
5.美妮華X號。
無敵鐵金剛第三卷：
1.幻術作戰。

2.黑魔大將軍。
3.赫爾博士簡介。
4.赫爾的下場。
無敵鐵金剛第四卷：
1.國隆被捕。
2.紅番Ｖ７號。
無敵鐵金剛第五卷：
1.雪地作戰。
2.人魚怪魔。
3.鐵甲怪獸。
4.蜻蜓鐵獸。
5.太空間諜戰。
〈備註〉
這五卷無敵鐵金剛與編號第十二號～第十六號的五部鐵霸王內容大同小異，但畫風差很多，我猜作者應該是另有其人吧！

第五章

「笑一個——」級任導師將他的國字臉湊近三腳架上的相機，右眼對準了相機上方的觀景窗，朝排在數公尺外的學童們高呼：「說『七』——」

「七——」

學童們齊應道。

拍完了在「女王頭」前的團體合照，級任導師將雙手在嘴邊圍成筒狀，大聲叮囑：

「不要亂跑！注意安全！」

他一轉頭整理相機與三腳架，三年甲班全體學童就有如脫韁野馬，一哄而散。

阿健斜揹著紅底白紋的輕便背包，沿著大片風化地形的岸邊，獨自越過一個又一個怪模怪樣的蕈狀岩。

驚濤拍岸，濺起白花花的碎浪。

浪聲隆隆下，阿健從「仙女鞋」遠眺的景致海天一色。一整片點綴著白浪的深藍盡收眼底，彷彿仰望著星空一般，看得他目眩神迷。

「好壯觀啊——」

不過，再怎麼壯觀的景致，也不及漫畫書本吸引人。於是，他盤腿坐在仙女鞋旁，拿出紅白背包裡的新漫畫書翻看著。

驀地，視線內闖入個不速之客。

「還有別本嗎？還有別本嗎？還有別本嗎？」

不速之客連珠炮似的講話風格，為他贏得「鞭炮」的綽號。他是學校為晉升中年級的學童重新編班後，這學期才加入的生面孔同學。

「你的態度欠佳喔。」

阿健好整以暇地撕開隨身攜帶的透明塑膠盒，指尖夾起塑膠盒內的海苔卷壽司，和著鹹鹹的海風下肚：

「而且，你是不是忘了尊稱我什麼啊？」

「喔，對不起、對不起。」鞭炮搔著他的招牌尖下顎，聊表歉意：「請問，還有別本漫畫書能借我看嗎？阿健，不，我們的『漫畫大王』、我們的『漫畫大王』、我們的『漫畫大王』！」

「這『崖』（還）差不多，『敘』（去）許『蛔』（肥）那兒『傲』（報）到吧！『譯』（記）住，一人限借一本。」

阿健說。細嚼慢嚥著壽司的他，口齒異常不清。

所謂沒有永遠的朋友，也沒有永遠的敵人。

升上三年級後，許肥識時務者為俊傑，不但不再與阿健大唱反調，反而搖身變為阿健身邊最忠心耿耿的奴僕，一肩扛起阿健的校內粗活。

有許肥代勞擦黑板、抬便當與清掃環境，阿健不僅值日生當得有名無實；在學校例行的掃除時間裡，他也樂得悠閒，無事一身輕。

此外，阿健只要坐在教室裡動張嘴，他所指定的餅乾、零食與巧克力保久乳，就會由許肥去福利社跑腿，專人配送上門。

就連這次前來基隆、野柳地區的校外教學裡，許肥也自告奮勇，全程揹負著阿健那滿載漫畫書的乳黃色超大提袋，以應付一干求借若渴的同學們。

許肥如此犧牲奉獻，為的，無非就是換得優先借閱阿健所有漫畫書的特權。

「謝謝漫畫大王！謝謝漫畫大王！謝謝漫畫大王！」

鞭炮將腳上的鞋子摩擦得劈哩啪啦作響，踏步而去。

他行經「燭臺石」時，與向著阿健疾衝來的三團小黑影擦身而過。這三團小黑影，是在班上人稱「矮冬瓜特攻隊」的三個男生。

他們在阿健的跟前站定位，列隊行舉手禮。

「報告漫畫大王，有件事要請你評評理！」

陣仗搞那麼大，想必是有棘手的疑難雜症。

敢情是這三個人剛才兜繞著科幻漫畫裡的「合體型機械人」話題爭論不休，你一言我一語地，誰也說服不了誰。

既然人家虛心就教，阿健便暫捺口腹之慾，放下透明塑膠盒，清清嗓子開起講來。

「合體型機械人有兩大類別，一類是『三機合體』；一類是『五機合體』。」他說。

「我就說嘛！」

塊頭較大的「大矮」，推擠著有點娘娘腔的「三矮」後說。

「三機合體的機械人，像是『閃電鐵人』、『超級鐵人』、『宇宙飛艇金剛王』，還有《太空飛龍》裡的『飛龍鐵人』。」

阿健說。近看酷似一隻白斬雞的「小矮」發問道：

「飛龍鐵人是屬於三機合體嗎？」

「參見《太空飛龍》第一冊第六十一頁。」阿健流利地引註：「飛龍鐵人的第一機是太空飛龍發射的腕部、第二機是太空飛龍發射的腿部、第三機則是太空飛龍的頭部，構成連接飛龍鐵人腕部與腿部的軀幹。」

「我沒看過宇宙飛艇金剛王耶，那是什麼？」小矮追問。

「宇宙飛艇金剛王是『宇宙飛艇』分解後的三機所合體的機械人。這本漫畫的角色有『任明輝』、任明輝的爸爸『任大衛』、任大衛喬裝的『陳教官』、『辛博士』、『林萬』、『邱正義』、『曾哲治』、『麗莎』、『獨眼龍』、『拉普特』……」

阿健放眼綿亙至天際的海平線，口沫橫飛。

「至於第二類五機合體的機械人，像是《地球爭霸戰》裡的《超電磁V號》，以及《鐵勇士神鷹旋風號》裡的『神鷹旋風號』。」

他續道。二矮則嗲聲嗲氣地開了口：

「超電磁V號跟神鷹旋風號看起來好像雙胞胎喔。」

「哪是！神鷹旋風號的胸部有V字形寶劍，超電磁V號沒有！」

大矮抗議道。阿健點頭：

「沒錯。此外，《金剛大超人》的男主角『馬宇宙』變形的頭部與一堆軀幹零件所合體的『金剛大超人』，可被歸類為『多機合體』。」

「你好有學問喔！漫畫大王。」

眾口一詞的矮冬瓜特攻隊簇擁著阿健，隨班參觀下一站八斗子漁港的醬油廠。

三矮一路互咬耳朵，不斷向阿健問東問西；阿健則知無不言、言無不盡地旁徵博引，在醬油廠內分析一體成型與合體型機械人的利弊得失，以及三機合體與五機合體的機械人孰優孰劣。

津。

漫畫大王愈談愈起勁，聽眾也愈聚愈多；領頭解說醬油製程的廠方職員反而乏人問津。

學生喧賓奪主，惹得顏面無光的導師板起國字臉，連聲喝斥。

不過，廠方還是不計前嫌地趕在日落之際，餽贈魚貫登上遊覽車的小小倦鳥們，每人一小瓶醬油。

阿健前腳才跨進遊覽車廂的中排座位，鞭炮後腳即尾隨而至。

「漫畫大王！漫畫大王！漫畫大王！我翻遍了許肥揹的提袋。」鞭炮的語氣無比哀怨：「沒有《鐵霸王》、《無敵鐵金剛》、《大魔神》、《鐵人巨無霸》、《宇宙鬥士》，也沒有《閃電鐵人》、《超級鐵人》、《宇宙飛艇金剛王》、《太空飛龍》——」

「哦？許肥是怎麼說的？」

「他說，這些書目前被外借中。」

「他沒有去催討嗎？」

「也不知道是真的還是假的，大家都說還沒看完。」

「所以提袋是空的囉？」

「就剩下這本了。」

鞭炮沮喪地舉著一本草綠色書皮的《原子鐵金剛》漫畫。

「恭喜，你賺到了！」阿健說。

「啊？」
「這本是我最珍貴的壓箱寶！」阿健搖動著鞭炮的窄肩膀：「鞭炮，我問你，無敵鐵金剛、大魔神、鐵人巨無霸、飛龍鐵人是單人操縱的對不對？」
「對啊對啊——」
「閃電鐵人跟超級鐵人是三人操縱的對不對？」
「對啊對啊——」
「超電磁V號跟神鷹旋風號是五人操縱的對不對？」
「對啊對啊——」
「那原子鐵金剛是幾人操縱的你曉得嗎？」
「不、不曉得——」
「一家六口！」
「那麼厲害？」
「第二題，你看過體內裝設有臥舖與會議室的機械人嗎？」
「臥舖與會議室？沒看過沒看過——」
「原子鐵金剛就是！」
「那麼厲害？」
「所以啦，你何必無精打采呢？是他們不識貨啊！」阿健豪氣干雲：「這樣吧，原子鐵金剛的還書期限，我特准你延長到明天的早自習！」

「這麼好？謝謝漫畫大王！謝謝漫畫大王！謝謝漫畫大王！」

喜出望外的鞭炮，轉開手上的醬油瓶蓋，仰頭一飲而盡。

阿健迫於母命，一股腦兒喝光鮮奶後，火速放下手上的玻璃杯。

雖然已憋住了氣息，殘餘在喉頭的奶味，依舊酸到他眉宇大皺。

只可惜他聽話歸聽話，冷眼旁觀的媽媽可不領情，並且再度為了他的教育問題，和爸爸在週日大清早的餐桌前吵得沸沸揚揚。

「我問你，你去阿健的房間裡看過了嗎？」媽媽說。

「他的房間裡怎麼了？」爸爸說。

「你有沒有看過他房間的書櫃？」

「妳口氣別那麼兇嘛，有話好好講。」

「你有沒有看過他房間的書櫃嘛？」

「他的書櫃怎麼了嘛？」

「你知道他的書櫃有幾層嗎？」

「——不知道。」

「你這個做爸爸的，不知道兒子的書櫃有幾層？」

「三層？四層？」

「有五層！」

「那麼多層喔？」

「不要打哈哈。你知道那五層書櫃裡，放的都是些什麼嗎？」

「書櫃嘛，自然是放書囉，還能放什麼？」

「都是些什麼書，你答得出來嗎？」

「——小孩子看的書囉。」

「漫畫書！五層書櫃裡放的都是漫畫書！」

「是囉，不正是小孩子看的書嗎？」

「小孩子看漫畫書？這成何體統！」

「小孩子不看漫畫書，難不成大人看漫畫書？」

「小孩子怎麼可以看漫畫書呢？你看看阿健這次月考的分數！」

「他的月考又怎麼了？」

「你都不關心他的成績？他的數學考了個四十分！」

「數學本來就很難，我以前也常考不及格。」

「自然科六十一分，低空掠過及格門檻而已；其他科目也馬馬虎虎，不怎麼樣。」

「不錯了啦！」
「什麼不錯？這麼爛的成績，難道不是他沉迷漫畫書害的嗎？」
「沒那麼嚴重吧。」
「他的腦袋裡成天充斥著漫畫書裡那些打打殺殺、荒誕不經的內容，這像話嗎？」
「還好吧——」
「漫畫書的字體就跟螞蟻一樣小。他用眼過度，是很傷視力的！」
「是嗎？」
「再說，這麼多漫畫書，少說也有個幾十本了，買下來總共浪費了多少錢啊？」
「息怒息怒。妳說得沒錯，我會叫阿健節制一點。」
「你別裝傻了。」
「啊？」
「我看，該節制的是你吧。」
「我？我要節制什麼？」
「你的演技也太差了吧？阿健書櫃裡的那些漫畫書，都是你幫他買的不是嗎？」
「這——我——」
「啞口無言了？被我說對了吧！」

「也不是這樣說啦——」

「還想抵賴？你這樣溺愛我們的獨生子，對他是沒有半點好處的。」

「太太！妳難道沒有在看報紙、沒有在看電視新聞的嗎？」

「我有啊！」

「妳不知道前天美國總統卡特宣佈跟我們斷交的消息嗎？」

「這麼天大的消息，全臺灣有誰不知道啊？」

「就是囉，我們做了美國幾十年的盟友，對美國那麼好、那麼夠意思，他們還背信忘義，說翻臉就翻臉、說走人就走人，妳不覺得很過分嗎？」

「很過分啊！」

「失去了美國，妳不覺得我們的處境很危險嗎？」

「很危險啊！」

「妳不覺得我們的未來堪慮嗎？」

「是啊。」

「所以，值此國難當頭，我們應該莊敬自強、處變不驚！」

「莊敬自強、處變不驚——」

「毋忘在莒、風雨生信心！」

「毋忘在莒、風雨生信心——」

「毋恃敵之不來，恃吾有以待之！」

「毋恃敵之不來，恃吾有以待之——」

「來，跟我一起振臂高呼——」

「這位方先生，你有完沒完啊？」

「啊？」

「我在跟你溝通兒子的管教問題，你不要拿國家大事來跟我打迷糊仗！」

「哈哈——」

「一碼歸一碼，你不要顧左右而言他！」

「遵命！」

「帶頭呼喊一些口號，就想把我給糊弄過去啊？」

「太太英明、太太英明——」

「言歸正傳！」

「是。」

「我說過了，漫畫書這種東西呀，對小孩子而言，有百害而無一利。」

「知道知道——」

「我不會再准許他買漫畫書。而你，也不要再幫他買了。」

「好。」

「如果再讓我看見你買漫畫書給他，你就是個幫兇！」
「幫兇？妳會不會太危言聳聽了？」
「上樑不正下樑歪。你要是不好好教兒子，把他給寵壞了，將來他要怎麼在社會上立足呢？」
「是是是，我知錯了啦——」
「別跟我嬉笑怒罵的！」
媽媽就這麼左一言右一語地連番出擊，轟得爸爸難以招架。
爸爸忙繞過餐桌，背對著阿健安撫媽媽，不時還回首偷使眼色、比手畫腳。那意思，就是向坐在餐椅上的阿健下達如下保證：
「你那張最新的漫畫採購清單，就包在爸爸身上！」
「無論如何，爸爸承諾過你的事，絕不會黃牛！」
「媽媽這邊，就由我來搞定！」
「你呀，只管放一百個心吧！」
這種對媽媽陽奉陰違的肢體語言，傳達出爸爸力挺阿健到底的明確訊息，也為當晚在阿健房裡的父子密談定了調。
「你自己也聽到了，媽媽的態度已經非常清楚，就是說什麼也不讓你再繼續看漫畫書啦。」

「媽媽太壞了！」

「不要這樣說。她是你的媽媽。她這麼決定，自有她的道理。」

「媽媽都不為我著想！」

「你錯啦！她就是為你好，才這麼絕情的。」

「我不管！我還是要繼續看漫畫！」

「我知道。不過，既然媽媽已經頒佈了漫畫書的禁令，我們就必須有所防範、見招拆招。」

「什麼叫作『見招拆招』啊？」

「『見招拆招』你都不知道啊？就是要想個方法，讓你在不被媽媽發現的情況下，能夠繼續看漫畫書啊！」

「好耶！」

「別光是起鬨。今後，你放漫畫書的地方，可要換一換了。」爸爸望向遮住整面牆壁的五層書櫃：「書櫃樹大招風，絕對是不能再放這裡了。」

「那要放在哪裡呢？」

「『放』還不行，要『藏』起來。」

「那要藏在哪裡呢？」

父子倆在房內左顧右盼。

「書桌抽屜？」

阿健問。爸爸拉開書桌抽屜，搖了搖頭：

「空間太小了。你的漫畫書那麼多，根本塞不進這抽屜裡。」

偏偏阿健的書桌離地面很近，不像樓下周哥哥的鋁桌底下可以容納個大雜物堆。

「這邊呢？」

阿健指向衣櫃問。爸爸推開衣櫃的門，說道：

「不夠安全吧？媽媽三天兩頭就會幫你整理洗好的衣服，漫畫書放這邊的話，難逃她的法眼哩！」

「那怎麼辦？書桌也不行、衣櫃也不行，已經沒地方藏了！」

阿健急了。爸爸靈光乍現，把腦筋動到了阿健睡的單人床上。

「有了。這個床！」

「藏在床上？」阿健掀開淡藍色的被褥，拍拍與被褥同色系的床單：「那樣一下子就會被媽媽發現了。」

「不是藏在床上。」

「是藏在床架底下嗎？可是，我的床架是直接貼住地面的，與地面根本沒有空隙啊，這樣要怎麼藏漫畫？」

「不是藏在床架底下。」爸爸笑得詭異：「是藏在床墊底下，也就是床墊與床架之間。」

「哦？」

阿健低頭翻了翻床墊。床墊很重，爸爸助他一臂之力，意思意思地舉起床墊一角後就放下。

「有這麼大一個床墊壓著，媽媽不可能找得到任何蛛絲馬跡。而且只要一本一本地上下交疊，漫畫書的數量再多也藏得下，安啦！」

就在爸爸信心滿滿的瞬時，阿健深信，這位無怨無悔做他堅強後盾的爸爸，是世上最偉大的爸爸。

第六章

方志宏聽不進太太的建言，一意孤行地向公司高層遞出辭呈。

就像他一分鐘都不想再多待下去一樣，公司也一分鐘都不想再留他了。高層看了他的辭呈，眉頭也沒皺一下，問都不問原因，就爽快地批准了。

兩造皆得其所哉！

當時，他作夢也沒想到，這一蹲就在家裡蹲了個大半年，蹲到兒子都滿週歲了，他才苦等到下一個工作機會。

「你是有什麼毛病啊？我勸過你多少次了，要騎驢找馬、騎驢找馬！先談妥下一個工作，再向公司請辭；而不是先向公司請辭，再去談下一個工作。你不是還跟我說『好』？結果咧？身為一個丈夫、一個父親，你這樣說辭職就辭職，說不工作就不工作，說沒有收入就沒有收入，你有顧慮到我、顧慮到兒子、顧慮到這個家嗎？我們是要跟你一起去喝西北風嗎？」

太太時時刻刻這般叨唸，唸到方志宏耳朵都長厚繭了。

本身對重返職場一事，方志宏似乎也不是那麼焦急。投寄履歷前，舉凡公司的產業類別與經營型態，他都用最嚴苛的標準，挑三揀四地。

這間公司不要、那間公司不行；這間公司不好、那間公司不宜——偶爾有自動找上門來的面試邀約，他也多半看不上眼，愛理不理地，給人家排頭吃。

某天，法蘭克敲了通電話給他。

被水土不服的前公司掃地出門後，法蘭克到了新公司卻是如魚得水，竄升得很快，現已貴為公司總經理之下的第一副總經理。

「我就說嘛，你，不，您是有能力的人，當初只是被放錯了位子，在前公司裡多所委屈了。」方志宏說。

「前公司的事就別提了。」法蘭克在電話裡說：「是這樣的，我們公司裡有個錢多事少的夢幻職位，目前開缺。」

「哦？」

法蘭克大略說明了一下工作內容。

「這個職位僧多粥少，很多人搶破了頭，你這幾天快點把履歷寄過來。」他強調道。

「是。」

「我已經在總經理面前為你美言，講過你不少好話了，並且為你爭取到一場特別的面談機會。」

「謝謝。」

「偷偷告訴你，我也是面談的三位主試官之一。所以啊，當天你也不必準備什麼，人來就對了。」

「真的嗎？太感謝了！」

天外飛來貴人相助，方志宏喜不自勝。

法蘭克藉由自己的人脈與權力，提攜方志宏這位昔日的左右手。方志宏告訴自己，好心果然有好報。

掛上話筒後，他向太太宣告，自己閒閒在家數饅頭的日子，已經進入倒數階段。

「法蘭克打電話來挖角我呢！」

「真的嗎？恭喜你囉。」

「妳先生我啊，眼看就要鹹魚翻身啦！」

然而，人算不如天算。面試前晚，方志宏患了感冒，臥病在床。面談當天，不意睡過了頭。

禍不單行。他騎車出門後，在路上沒留神，又跟一輛轎車擦撞到一塊兒。

他人是沒什麼大礙，但為處理交通事故耗去了不少工夫。等他趕到法蘭克的公司時，面談時間已經過了。

隔天，他打電話去向法蘭克道歉。

「真對不起。」
「別在意，車禍嘛，也不是你的錯。」
「下次我一定會注意。」
「嗯。」
「你說，還有下次的面談機會吧？」
「這個，目前還不能確定。」
「喔。」
「我會視情勢發展，再與你聯繫。」
被昔日的左右手擺了一道的副總經理，用沒有抑揚的聲調答道。
為了他這句話，方志宏癡癡等了一個多月。望穿秋水的他再也坐不住了，開始對法蘭克奪命連環叩。
可是，每通電話，都被法蘭克的秘書給擋駕掉。
「副總在開會喔。」
「副總外出。您哪裡找？」
「要不要我幫您留言給副總？」
不斷地留言，法蘭克還是音訊全無。方志宏再駑鈍，心裡也有數了，法蘭克分明是在躲他。

萬事休矣！這麼千載難逢的良機，就被自己給搞砸了。

就這樣有意也好、無意也罷，一個接一個的工作機會，從方志宏眼前白白溜走。

他每天吃飽了睡、睡飽了吃，見證襁褓中的兒子從轉頭、翻身、爬行、坐直、學站立，到發出「爸爸」、「媽媽」等簡單的音節。

兒子肥嘟嘟的身軀，也隨著拉長的身高與四肢，愈趨勻稱。

看到頭髮濃密的兒子抖著雙腿，跨出幾個小步伐後輕輕跌坐下來，再用手掌撐地，站起來繼續往前走，並回頭喊出「爸爸」時的有趣模樣，方志宏我見猶憐，整個人都快融化了。

「你怎麼那麼可愛啊？」

他抱起兒子，親吻兒子的小臉頰。

兒子嘿嘿笑著，還反過來拍拍方志宏的背，彷彿幼小的自己才是那個為生命的成長與茁壯嘖嘖稱奇，並打從心坎裡感到欣慰的人。

晃晃悠悠了不知多久以後，方志宏驚覺到一項可怕的事實。

以逐漸見底的存款數字估算，每一個明天，都很有可能是他坐吃山空的那一天。

也就是說，他在家啃老本的來日不多矣！

迫切的危機感，讓不見棺材不掉淚的他亂了方寸。為了一家大小，他不得不病急亂投醫，用機關槍打鳥的方式，狂寄出自己的履歷表。

他全天候盯住電話。一天過去、兩天過去，電話靜悄悄地。

「怎麼還不打來？」

五天過去、六天過去，他寄出去的履歷表彷彿石沉大海。

「完蛋了——完蛋了——」

他止不住哀鳴。隔週的某日下午，電話終於響起。

「請問是方志宏先生本人嗎？」

從話筒裡傳來的是個年輕的女聲。

「我是方志宏！」

「你好。我們這邊是——」

「我接受！」

「啊？」

「你們開出來的僱用條件，我統統接受！」

「是嗎？」

「要我多早上班、多晚下班，我都可以配合。即使沒有加班費、沒有年終，我也不在乎！」

「方先生，你說的是真的嗎？」

「句句實言。」

「那麼薪資待遇——」

「薪資待遇方面，我也沒有任何要求。你們不必考慮我以往的工作年資，愛給多少就給多少，我毫無怨言。」

「既然這樣的話——」

「對了，如果需要我假日上班，我也很樂意；如果需要我出差，不管多遠、多久，我都不會計較。」

再也不敢托大的他，連公司名稱都沒問，就將自己的身段放低到不能再低。

「我們知道方先生的立場了。」

對方請示上級後，也對方志宏的誠意投桃報李，連面試都免了，就在電話裡給了方志宏三個月的試用機會。

「謝謝！太好了！謝謝！我一定會全力以赴！謝謝！不會教你們失望的！太好了！謝謝！」

終於攀到茫茫大海中的一塊浮木，方志宏激動得語無倫次，差點兒要與太太相擁而泣。

「總算是皇天不負苦心人——」

「這次機會你可要好好把握，別再搞砸了！」

太太千叮嚀萬叮嚀。方志宏對著兒子握拳吼道：

「兒子！你知道嗎？爸爸得救了！媽媽也得救了！你也得救了！我們全家都得救了！」

「小聲點。你嚇到他了！」

太太噓道。剛喝完配方奶粉，坐在太太懷裡打著嗝的兒子，咧開冒出白乳牙的小嘴，回給方志宏一個憨憨的笑容。

「你呀，小福星一個！」

方志宏捏捏兒子的臉。

新公司位於大臺北地區的北邊。

方志宏從中和啟程，由南到北穿越整個臺北市後，再一路沿著與鐵軌平行的連外通道，向目的地挺進。

周遭的景色也從臺北市區的高樓林立，轉換為市郊的依山傍水。

「咦？」

騎車騎到屁股發麻的他，在目的地前發了好久的呆，才將車子熄火。

「會不會是跑錯啦？」

他看了看門牌，再對照手上那張寫有地址的紙條，喃喃自語道。

然而，地址正確無誤，自己並沒有跑錯。

「但是——」

自己所站的，是在一所大學的校門外。高聳的紅色拱門上鏤刻著長長的校名，彷彿睥睨著渺小的自己。

高職畢業迄今，也已經有十多年了。厭惡學生生涯的他，其間既沒想過要回學校唸書，也沒想過要到學校就業，況且還是與自己八竿子打不著的大學。

那麼，自己此刻為什麼會站在一所大學的校門外呢？

他向校門口的駐校警衛確認。警衛看了他的紙條後，指指警衛室牆上的校區平面圖，示意他到平面圖中央的「理學院大樓」去。

「那棟大樓的頂樓，就是你要找的地方了。」

警衛說。方志宏正要去牽車，被警衛嚴詞阻止。

「先生。校園內，禁止任何人騎乘機車。」

方志宏只能徒步到距校門口有近一公里遠的理學院大樓去。那是棟被兩個大花圃圍住的暗紅色建築物，樓高十層。三兩成群的大學生穿著輕便，口操著方志宏聽不懂的術語有說有笑，在一樓的大門口進進出出。

混雜在他們之間走入大門時，方志宏直覺自己像個異類。不，與大學生相比，他就是個不折不扣的異類。

直到踏進辦公室的那一刻，看到掛在門口的木牌，方志宏才恍然大悟。自己其實不是受雇於一間公司，而是一個隸屬於大學的研究中心。他徹頭徹尾沒想過，自己的人生居然會和什麼學術研究之類的機構扯上關係。

一眼望去，研究中心的辦公室約與一個教室同大，應該就是從教室改建而來的。辦公室內大約有二、三十個坐在專屬座位上忙得不可開交的人。這些人，以後就是自己的同事了。

都是些二十五、六歲的年輕人，以男性居多。

有位座位靠近門口的年輕人領著方志宏，走向辦公室深處的小辦公間。年輕人先敲門進去通報後，再請方志宏入內。

數坪大的小辦公間內坐了兩個人，一位是西裝筆挺、頭髮花白的魁梧中年人；一位是長髮披肩、從白色套裝的袖口裡伸出小麥色手背的女子。

中年人坐在一張大辦公桌後，女子坐在辦公桌前。兩人隔著辦公桌，一本正經地在商討公事。

桌上散置著像辭典那麼厚的一疊文件，以及兩、三個紅色與白色的檔案夾。文件的第一頁上，擱著一副細框的老花眼鏡。

中年人看看方志宏，再揉了揉眼角，似乎非常疲憊。

「方志宏先生嗎？你好。之前我們在電話中有交談過，還認得我的聲音嗎？」

女子邊說邊欠身與方志宏握手。她的年紀，看來就跟辦公間外的那些年輕人差不多。

「是，我認得。」

方志宏撒了謊，其實他根本就不認得她的聲音。

「對啦，我還沒自我介紹呢。」

女子畢業自第一學府的公立女子高中、第一學府的國立大學，以及第一學府國立大學的研究所。

她微撫髮梢後，揚起鵝蛋臉的下巴，露齒而笑：

「今後，我們就是同一組的夥伴了。我是你的直屬上司，請多多指教。」

什麼？她是我的直屬上司？

這位小女生是我的直屬上司？開什麼玩笑啊？

好歹，我也在職場上歷練了十多年，水裡來火裡去地，什麼大風大浪沒見過。反觀這位小女生，不過是個剛離開學校的菜鳥而已。

論年資、論歲數，她都不只略遜自己一籌，而是遜個好幾籌。到頭來，自己卻落居她的下風。

這個世道是怎麼了？就因為她比較會讀書？學歷比較高？

冷靜、冷靜。方志宏告訴自己，你還不知道嗎？這本來就是個學歷至上的社會嘛。強龍不壓地頭蛇。自己第一天來報到，還是本分點，給人家留個好印象吧。方志宏勉強擠出笑容：

「是，也請妳多多關照。」

直屬上司接著介紹起坐在辦公桌後的中年人。中年人的經歷與頭銜洋洋灑灑，講出來更是嚇人。

美國博士、正教授、學系系主任、研究所所長、學院院長、學術副校長——他也是好幾個頂尖學術期刊的審查委員。除了身兼中央研究院研究員外，他還擔任這個研究中心的主任。

事實上，研究中心就是這位主任一手草創的。而直屬上司與辦公間外那二、三十個年輕人的碩士論文，都是在這位主任的指導下完成的。

一日為師，終身為父。他們在取得碩士學位後繼續追隨指導教授，齊聚在這個研究中心裡勞心勞力，為主任賣命。

也許是一次講太多話而口乾舌燥，直屬上司握起桌上的水杯，轉開杯蓋，俯首喝了口水。

這時，辦公桌後的主任開了金口。

「你是高職的美工科畢業？」

他用方志宏前所未聞的破鑼嗓音詢問道。

「是的。」

「這倒也是個新鮮的經驗。」

「什麼？」

「我們這邊的同仁都是研究所畢業。過去的同仁裡，最差也有唸完大學的。」主任用指尖挖了挖鼻孔：「我本人還從來沒僱用高職畢業生的經驗呢！」

「——」

「你要好好謝謝你的直屬上司。如果不是她向我大力推薦你，我還未必想累積這種經驗呢！」

「——」

「不過話說回來。聞道有先後，術業有專攻。你的專長，恰好是本中心目前所極需的。」

「那真是太好了。」

「本中心對外的宣傳工作，就全仰賴你們了。」

主任這句話也不是光針對方志宏一人，而是對方志宏與直屬上司共同的期勉。

方志宏正欲接話，就被直屬上司給碰了個釘子。

「不好意思，我還有話要向主任報告。」她說。

「這——」

「事涉機密，要麻煩你迴避。」

直屬上司毫不留情。被她當外人對待，方志宏很不是滋味。人在屋簷下，不得不低頭。

他步出辦公間後，回頭窺見主任在半掩的門縫裡戴上老花眼鏡，兀自讀起桌上的文件，而直屬上司的中低音女聲則不絕於耳。

「話不能那麼說啊，老師。不，主任。手下如果沒有組員，我這個組長還算什麼呢？」

「我不是把剛剛那個人分配給妳了嗎？」主任說。

「憑他還不夠啊！他只是蝦兵，我還需要蟹將啊！」

「萬事起頭難，妳別心急啊。」

「看到別的組都軍容壯盛，我怎麼能不心急呢？」

方志宏聳聳肩，扭頭到外面陽臺上抽根煙。

「剛剛那個人」、「蝦兵」！

自己在他們心目中的分量不過爾爾。歷史重演，自己恐怕是又登上了一條賊船。不出一個禮拜，就應驗了他的預感。

我的漫畫札記

編號第八十三號～第八十六號

〈名稱〉

1.閃電鐵人。

2.閃電鐵人第二部太空怪獸。

3.閃電鐵人第三部地球瘋狂戰。

4.閃電鐵人第四部死亡的挑戰。

〈取得方式〉

「就跟妳說我吃不下嘛！」

我一口回絕媽媽端來客廳的餐後水果。她自討沒趣，氣得拂袖而去。

沙發那一頭的爸爸乘機挪動上半身，附在我耳邊小聲地說：

「新貨到囉！」

「到囉？交貨交貨！」我整個人彈了起來。

「不必啦，爸爸一下班回來就擺在你房間了。」他神秘兮兮地頓了頓：「確切的位置是——」

「幹得好！」

說時遲那時快，主臥室內探出媽媽的臉，倒打我一記回馬槍。

「什麼東西幹得好？」

「沒事沒事。」

我和爸爸異口同聲。

好險啊！

〈尺寸〉長約十七公分、寬約十一公分。

〈訂價〉每部特價新臺幣二十元。

〈主要武器〉

超級放射線炮：有原子力的幾十倍力量。

手腕三叉刀：不管鋼筋多硬也能切斷。

電鋼斧：可從肩膀上取出，削鐵如泥。

──《閃電鐵人》，第九十六頁。

〈備註〉

按照「一號機──二號機──三號機」、「二號機──三號機──一號機」、「三號機──一號機──二號機」的三種合體順序，可變為三種不同的閃電鐵人，簡直是太強了！

第七章

「聽說，你的封號，好像是叫作什麼『漫畫大王』？」

「不是好像，是貨真價實。」

阿健身披冬季制服外套、肩揹他那紅底白紋的輕便背包，在胸前交疊著雙臂，與麻花辮班長站在學校保健室出口盡頭的小菜園邊對談。

麻花辮班長特地把握下午逐班健康檢查的零碎時間，為中午錯拿了阿健的便當鄭重道歉。

這個與《漫畫大王週刊》的「牛家班」故事中，牛家小妹錯送便當異曲同工之過，陰錯陽差地造就同班四年來，阿健與麻花辮班長兩個人難得的共處機會。

「起先我還納悶，這便當的菜色怎麼跟我們家昨天的晚餐不一樣？

「吃著吃著，就愈覺得不對勁。一翻蒸飯牌的號碼，糟糕！吃到別人的便當了！

「我跑到教室前面的講臺上一看，我自己的便當，還好端端地放在講臺上的蒸飯籠裡。

「都是我疏忽，連累你挨餓了。」

高出阿健一個頭的麻花辮班長仰起清秀的臉龐，微微折腰，前臂陷入粉藍色裙襬間，輕聲細語道。
不枉她在班長一職的幹練外，端莊有禮的夢中情人形象。
「妳用不著放在心上。誰教我們的便當盒外形一模一樣？」
即使餓得饑腸轆轆，阿健也巴不得她將錯就錯，把自己便當裡的菜吃個精光。
「方媽媽辛辛苦苦做的菜，卻沾到我的口水，實在過意不去！」
「我不會跟我媽說的。」
「真抱歉，日後我會多加留意的。」
「沒關係、沒關係——」
說著說著，阿健的目光不經意與躲在保健室外的廊柱後竊喜的鞭炮，對上了眼。
「羞羞臉！羞羞臉！阿健羞羞臉！」
「男女授受不親！男女授受不親！男女授受不親！」
鞭炮立時狂呼。阿健怒不可遏，狠狠回敬個大鬼臉。
搔著招牌尖下顎的鞭炮食髓知味。阿健破口大罵道：
「死鞭炮！你叫屁啊！」
「阿健阿健別生氣，看你爸爸流鼻涕！」鞭炮在廊柱後原地踏步，嘴上不饒人：
「涕、涕，剃光頭；頭、頭，投大海；海、海，海龍王；王、王，王八蛋；蛋、蛋，蕩秋千；千、千，簽名字；字、字，你是我的乖孫子！」

嘴皮子耍完，他閃過阿健從小菜園擲來的碎石，落荒而逃。

「神經病！」

手握第二塊碎石的阿健，餘怒未消。

為化解鞭炮所引燃的尷尬，麻花辮班長忙不迭提出有關漫畫大王封號的疑問：

「感謝你的寬宏大量。聽說，你的封號，好像是叫作什麼『漫畫大王』？」

「不是好像，是貨真價實！」阿健正經八百地說：「我阿健，可是貨真價實的漫畫大王喔！」

接著，也沒徵詢聽眾的意願，他就從《鐵霸王》、《無敵鐵金剛》開始，一直到《超人神童》、《無敵金剛009》、《機械人超金剛》等，如數家珍地炫耀起他的豐功偉業。

包涵每套漫畫的取得方式、尺寸大小、訂價、人物介紹、目錄等典故，他無不口若懸河，述說得渾然忘我。

「再告訴妳一個秘密。」

待下課鐘響，他從紅白背包中取出一本方方正正的《科學小飛俠（續）白鳥一號》全彩卡通特輯給麻花辮班長看。

「這本書，就是讓我能搶在電視卡通的播映進度前，準確預測到科學小飛俠二號『大明』生死之謎的原因。」

他雙手扠腰、耀武揚威。

「難怪！原來你先看過書了！」

「所以，我這漫畫大王的封號，不是吹牛的吧？」

麻花辮班長把書還給阿健：

「但是，我認為你這位漫畫大王，充其量只是個半調子。」

「為什麼？」

阿健不服氣。麻花辮班長笑笑說：

「因為，你收藏的漫畫太過陽剛了，都是些什麼什麼超人啦、什麼什麼機械人啦、什麼什麼金剛啦。這些書，我們女生興趣缺缺。」

「是喔？」

阿健活生生被麻花辮班長澆了一盆冷水。

「你何不換換口味，學著欣賞少女漫畫呢？」

麻花辮班長說。阿健面有難色：

「妳是說，像漫畫大王週刊連載的《紅舞鞋》、《玻璃舞鞋》、《芭蕾舞之星》之類的少女漫畫嗎？」

「力爭上游的舞者啊？那些早退流行了。目前當紅的是《尼羅河女兒》、《千面女郎》、《玉女英豪》、《惡魔的新娘》、《貝蒂的青春》、《橫濱故事》、《少女與神駒》……」

麻花辮班長邊說，眼底邊閃耀著異樣的光采。看不出品學兼優的她，也是個會看漫畫書的同道中人。

「現在國難當頭，妳還沉迷在虛構的漫畫天地裡，醉生夢死？」

阿健忍不住虧她，她也酸了回來：

「你自己不也半斤八兩？漫畫大王？」

兩人相視而笑。分手前，她提醒阿健：

「對了，你明天要記得補繳檢查蛔蟲用的糞便。」

「知道了，我會記得的。」

阿健目送她與她烏溜溜的兩條麻花辮迎風遠去。

就在平行於小菜園的穿堂深處，懸掛著「莊敬自強、處變不驚」的標語下頭，一臉肅殺的許肥，則乍現於阿健的餘光邊緣。

阿健全速折返教室，以漫畫大王的身分，「召見」正在跟同學打鬧成一團的矮冬瓜特攻隊。

矮冬瓜特攻隊在阿健跟前零零落落地站定位，列隊行舉手禮。

「報告漫畫大王。我們矮冬瓜特攻隊，上週已經改名為『微星小超人』了。」塊頭較大的大矮說：「我是微星小超人的『大龍』。」
「我是微星小超人的『大虎』。」娘娘腔的二矮說。
「我是微星小超人的『蟬罩人』。」酷似白斬雞的小矮說。
阿健的視線逐一掃過他們，然後落在了二矮身上。
「二矮，不，大虎。」阿健正襟危坐道：「實話實說。你有看過《尼羅河女兒》那套少女漫畫吧？」
二矮一聽，愣了一愣，露出心虛的表情。
「你竟然看少女漫畫？」大矮推了二矮一把：「你這個叛徒！」
「你八成也看過千面女郎吧？」
阿健問道。二矮嘴唇發白，如同做錯事般悶不吭聲。
「那麼噁心的漫畫也不放過，你是不是個男人啊？」
小矮從旁火上加油。
「漫畫大王，我——我不是有意的，我是不小心瞄到的。」
二矮辯解著。阿健溫言道：
「二矮，不，大虎，你誤會啦，我並不是要責備你，而是要請你幫忙。」
他從書包裡拿出一疊全白的測驗紙，動手撕下一張後，連同他桌上的一枝「愛盲鉛筆」交給了二矮。

「麻煩你在這張測驗紙上寫下你記憶中，凡是有看過的或聽過的，所有的少女漫畫書名。」

二矮一聽，慢慢綻開了笑顏。

「這容易！你要我寫幾個書名？十個？二十個？」

「多多益善！多多益善！多多益善！」

碎唸著的阿健，宛如被鞭炮附體般。

二矮當場在測驗紙上寫下了五十來個少女漫畫的書名，各個是既風花又雪月，看得阿健眼花撩亂。

血觀音、世運泳星、盲女真情、愛的小語、有情四部曲、海邊風、蘇州夜曲、烽火戀情、誰來愛我、盼、難忘影中人、虹、玻璃假面、當我們年輕的時候、雪地裡的春天、午夜街燈、小鎮春曉、儂本多情、小甜甜、芭蕾仙子、海邊組曲、快樂天使、青春奔放、共翦西窗燭、初戀的女孩、金老師的故事……

「天啊！」

他望紙興嘆，一逕搖頭。

爸爸在家看了阿健這張與眾不同的購書清單後，也沒說什麼。第二天，當他把清單中的漫畫交給阿健時，意味深長地摸摸阿健的頭。

「阿健啊。」

「什麼事？」

「你的口味怎麼變啦？」

「啊？什麼口味？」

「看漫畫的口味啊。」

「啊？有嗎？」

「你過去看的都是男生的漫畫啊。」爸爸搜索著記憶：「什麼《閃電鐵人》、《超級鐵人》、《鐵人巨無霸》的。」

「是啊。」

「那怎麼現在改看起女生的漫畫了？」

「嗯——沒什麼啦，只是想瞭解一下。」

「瞭解什麼？瞭解女生？」

「不是啦！」

「那你是想瞭解什麼？」

「瞭解少女漫畫啦！」

「我猜，阿健你是不是情竇初開，喜歡上哪個小女生了啊？」

「哪有？我才沒有喜歡女生。爸爸你不要亂講！」

「真的沒有喜歡女生？」

「沒有！」

「打勾勾？」

「打勾勾。」

父子倆互勾右手小拇指。

「蓋印章？」

「蓋印章。」

父子倆互碰右手大拇指。

一套套少女漫畫入手後，阿健隨之探索著男性之外，另一種性別的光怪陸離，好好領教了謎樣的陰柔天地。

老是分不清書中人物的性別——

眼睛深邃、睫毛修長、鼻頭尖挺的男主角，往往擁有不輸給女主角的妖豔面容——

富少爺迷死窮少女，或者窮小子高攀富千金的劇碼層出不窮——

尼羅河女兒漫畫中，單戀「凱羅爾」的「伊茲密王子」情歸何處——

更重要的是，藉由這些少女漫畫，他為麻花辮班長量身打造了源源不絕的供應鏈，壟斷了她的閱讀管道，並加強兩小無猜的交流頻率，一步步拉近彼此遙不可及的距離。

他們出雙入對在朝陽燦爛的教室頂樓、日正當中的操場樹蔭下、被黃昏染紅的司令臺背陽處與暗無天日的體育器材保管室裡互通聲息，既分享著少女漫畫的讀後心得，也討論著為賦新詞強說愁的浪漫主題。

「義無反顧的戀愛，是否就是幸福的真諦？」麻花辮班長說。

「啊？妳說什麼？」阿健說。

「義無反顧的戀愛，是否就是幸福的真諦？」

「什麼叫作『義無反顧』啊？」

「就是不顧一切囉！為了愛不顧一切，豁出去了。」

「什麼都不管了嗎？」

「沒錯，什麼都不管了。」

「不吃東西？」

「不吃東西。」

「不去睡覺？」

「不去睡覺。」

「不來學校？」

「不來學校。」

「也不理爸媽媽？不理朋友？」

「都不理。」

「那不行吧。」

「為什麼不行？」

「被愛沖昏了頭，不太好吧。」

「有什麼不好？」

「嗯，就是不太好嘛。妳想想看，為了愛情，不吃東西、不去睡覺，也不理爸爸媽媽跟朋友，這樣會幸福嗎？」

「可是你可以跟你的愛人長相左右啊！」

「那是不錯啦。可是，有必要為了跟愛人長相左右，就犧牲那麼多樣東西嗎？」

「你看，這就是男生與女生的差別！」

「啊？」

「對我們女生來說，愛情是神聖而至高無上的，愛情就是我們的一切！」

「——」

「如果失去愛情，就算有東西吃、有覺可睡，又有什麼意義呢？」

「不吃東西可是會死人的——」
「你說什麼？」
「沒什麼、沒什麼，妳繼續說。」
「至於親情與友情也不是不重要。但是，愛情更重要！」
「是喔？」
「你沒有聽過一句話，叫作『生命誠可貴，愛情價更高』嗎？」
「嗯——」
「你聽過嗎？」
「好像有聽過又好像沒聽過。」
「坦白說，你不贊成我的看法對不對？」
「我贊成、我贊成——」
「真的嗎？」
「真的。我覺得啊，我們男生的想法都太自私、太俗氣了。」
「說得好。」
「男生一點兒都不瞭解愛情的珍貴，所以我贊成妳的看法。」
「知過能改，善莫大焉。」
「那麼，妳有想過一件事嗎？」

「什麼事？」

「妳以後想找什麼樣的人當男朋友？」

「有想過啊。」

「是什麼樣的人？」

「一定要高！」

「喔。」

「要高高瘦瘦的；我不喜歡胖的男生。」

那麼，許肥就鐵定出局了。

「長得帥帥的最好；沒有很帥、普通帥也沒關係。」

「個性方面呢？」

「要疼我；我不喜歡大男人主義的男生。」

「什麼是『大男人主義』？」

「大男人主義的男生，就是自以為了不起的男生。」

阿健慶幸。還好，他不是這種人。

「還要愛乾淨；我不喜歡髒兮兮的男生。」

「沒有人喜歡髒兮兮的男生。」

「最好要幽默風趣。」

阿健想，這個自己就得加把勁了。
「功課要好嗎？」
他問。麻花辮班長偏頭想了一下，說：
「那倒不一定。」
還好，不然自己就沒指望了！阿健心想。
「那你的條件呢？」麻花辮班長反問阿健。
「什麼條件？」
「你找女朋友的條件呢？」
「女朋友的條件啊──我也要高！高高瘦瘦的，長頭髮、大眼睛。」
阿健沒把「就像妳一樣」這句話說出口。
「嗯。」
「功課要好。」
阿健沒把「每年都得要當班長」這句話說出口。
「個性咧？」
「要有禮貌、要落落大方。」
阿健沒把「就跟妳差不多」這句話說出口。
「聽起來不錯嘛，祝你早日找到你的夢中情人！」

「妳也是。」
「喂。」
「怎樣？」
「你口風緊不緊？」
「怎麼了？」
「你會保守秘密吧？」
「妳要我保守什麼秘密呢？」
「剛才我跟你說的那些啊，我找男朋友的條件。你可不能跟別人說喔。」
「放心吧，我不會說的。」
「也不能跟你爸爸、你媽媽說喔。」
「我不會跟他們說的。」
「要是你違背你的誓言，大嘴巴洩漏出去怎麼辦？」
「不會的。不然，我們來打勾勾？」
「好主意，打勾勾。」
他們互勾右手小拇指。兩人肌膚接觸的瞬間，阿健似乎有被靜電電到的感覺。
「蓋印章？」
「蓋印章。」

他們互碰右手大拇指。
「你絕對不能把我找男朋友的條件跟別人說。」
「妳也不能把我找女朋友的條件跟別人說。」
「一言為定喔？」
「一言為定！」

有天午休時，教室外頭的走廊一片空蕩蕩的，不見高年級糾察隊的人影。這讓睡不著覺的阿健有機可乘。他蹲走到五排課桌椅之後，小聲喚醒屈臂伏在桌面假寐的麻花辮班長。
「怎麼樣？」
阿健憋著氣音，沒頭沒腦地問她。
麻花辮班長兩眼惺忪。她趴睡著的額頭與手臂上，都被壓出一小團紅色的印記。
「什麼事情怎麼樣？」
「妳記不記得一件事：妳曾經對我說過，我是個半調子的漫畫大王。」
將臉湊到麻花辮班長臉前的阿健，能直接感受到她呼出的氣息。
「是呀，我記得。」
還在畏光的麻花辮班長，吃力地眨著眼。

「現在呢？妳覺得現在的我，還是個半調子的漫畫大王嗎？」

「你把我吵醒，就是為了問我這個問題嗎？」

麻花辮班長癟著嘴，又好氣是又好笑。

「是呀，妳可以回答我嗎？」

「那還用說嗎？」麻花辮班長梳理著她那兩條麻花辮：「你既懂得男生的漫畫，也懂得女生的漫畫。如今，你已經是個如假包換、百分之一百、貨真價實的漫畫大王了！」

有了麻花辮班長的認可，阿健笑得開懷。

午休結束後的下課時間，她還讓阿健同坐在自己的座位上，共用著她那塊印滿交通號誌的軟墊板，為學期末的交通安全測驗進行考前復習。

「三角形的代表警告標誌、圓形的代表禁止標誌、不規則形的代表指示標誌，明白了嗎？」

她對阿健諄諄教誨道。阿健則點頭如搗蒜：

「明白了。」

在同學眼中，肩併著肩親密互動的他們，恰似一對熱戀中的小情侶。

第八章

研究中心營運的各項開支，全部來自於在研究計畫中所核定的經費。

比方說，研究中心人員的薪資，即來自核定經費中的人事費項目：主任是所有計畫「主持人」的不二人選，領取主持人費；各組組長分任計畫「共同主持人」或「協同主持人」，領取共同主持人或協同主持人費；非主管職人員則充任計畫助理，領取助理費。

因此，研究中心存續的命脈，就是要不斷執行多項由政府機關與私人企業委託的研究計畫。如何在競爭者中脫穎而出，標攬到執行上述研究計畫的權利，乃是主任念茲在茲的首要之務。

策略一是宣傳。設法將研究中心包裝成一個效率與效能兼具的高績效專業研究團隊，使政府官員與企業主管留下深刻印象，進而贏得他們的青睞。

方志宏的工作，就是負責製作這類文宣。

策略二是搏感情。由研究中心上下親力親為，招待政府官員與企業主管吃飯、喝酒、出遊，搭建起私人情感的橋樑。

彼此愈混愈熟之後，就好辦事多了。

方志宏粗略估計，研究中心的同仁在搏感情的策略二上著力最多，大約投注了百分之五十的時間；在宣傳的策略一上，則投注了百分之三十的時間。

至於本業的研究工作，研究中心的同仁只花了百分之十的時間。

妙了，這不是個研究中心嗎？為什麼會輕研究而重公關呢？為什麼會掛著羊頭卻賣著狗肉呢？

只能說，研究人員也罷、非研究人員也罷。天下的烏鴉，終究是一般黑吧！

就在方志宏來報到上班的第五天，上午十一點半過後，研究中心的辦公室裡，突然有數名貴客臨門。

他們西裝筆挺，都是些超過四、五十歲的中年男性，有的禿頭、有的剪著短短的旁分頭，個子不高，鼻梁上掛著近視眼鏡，不苟言笑。

光憑髮型與服裝，方志宏就能斷定，這些人是公務人員。

一問之下，他們果然是來自公家機關的局處首長。換句話說，是掌握了研究計畫標案的生殺大權，不容怠慢的「金主」們。

主任以罕見的熱絡迎客。他紅光滿面、談笑風生，與五天前對待方志宏的冷淡態度迥然不同。

方志宏坐在自己的座位上，聽著他們矯揉造作的交談內容。

他心想，憑自己的臭脾氣，就算是過了八輩子、九輩子，也打不進這種圈子裡。也不知道是該為自己感到驕傲，還是該感到悲哀。

話又說回來。金主們還在近中餐時分大駕光臨，司馬昭之心，路人皆知。主任是再上道不過的人。他當即訂了學校側門外的一家江浙餐館，設宴款待金主們。

方志宏則一如既往，一個人去學校附設的自助餐廳，端著餐盤，舀了四樣菜，與阮囊羞澀的大學生們一同打著牙祭。

下午一點鐘他回到辦公室，發現包括他的直屬上司在內，一半以上的同事，均不知去向。

留守下來的同事告訴他：

「他們都被主任動員去江浙餐館了。」

「那麼多人去，餐館裡坐得下嗎？」

「沒辦法。有任務在身，也由不得他們。」

「任務？什麼任務？」

「你不知道嗎？」

同事一副「你年紀也不小了，怎麼還這麼無知」的口氣。方志宏瞪大了眼，說：

「難不成，他們是要去拚酒的？」

「不去拚酒，難道真的是去吃飯的嗎？」

同事摳著鼻孔回道。這些書讀到碩士的年輕人直來直往的講話風格，總令方志宏消受不起。

他耐住性子道：

「我還以為，當官的人跟做研究的人，是滴酒不沾呢。」

「沒那回事。」

「這不就跟企業界的人大同小異嘛？」

「哼哼。」

「那些局長和處長的酒量好嗎？」

「你有所不知啊，他們各個是海量；喝起酒來，就跟喝白開水一樣。」

「天呀！」

「我還怕去的同事們會招架不住呢！」

同事一語成讖。方志宏出去上完廁所回座，就接到直屬上司從餐館打來的電話。

「主任下令，留——留守在辦公室內的同——事，全——全部要過——來。」

直屬上司搬救兵之聲飄著音準，顯然是喝多了。

「連我也要去嗎？可是，我的酒量很差。」

「我不是說了嗎？主任——下——下令，留守在辦公室內的——同事，全——全部要過來。」

「要是大家都喝垮了，那明天的研討會要怎麼辦呢？」

「你是要我講第三遍嗎？」

直屬上司動了氣。方志宏決定，還是別跟酒醉的人過不去。

他與留守的同事們遂傾巢而出。一進到江浙餐館的大包廂，就是一幕幕酒酣耳熱的混亂場面。

「來來來！跟我們局長拜拜碼頭！」坐主桌的主任一看到他，就揮手叫他過來。他走近主桌，手裡被塞了杯酒。還來不及看清楚局長的臉，他就被迫乾了一杯。劇烈的撕裂感直衝腦門。他看了看桌上的酒瓶標籤，是金門高粱。

「這位是方志宏。志氣的志，寶蓋頭的宏。」主任臉上的泛紅直達耳根，用比平常更為嘶啞的聲音，向身旁的局長介紹道。

坐在主位上的局長，對著方志宏豎起大拇指：

「好名字。」

「他是我們研究中心裡年紀最大的職員，也是學歷最低的職員。」

「多低？大學？」

「更低。」

「高中？」

「更低。」

「那是？」

「他只有高職畢業。」

局長聽了縱聲大笑。大包廂內的燈光，閃耀在他油油的禿頂上。

他先喊出主任的全名，然後說：

「你呀，哪根筋不對了？一個研究中心，僱用高職畢業生做什麼？掃地？拖地？當工友？」

局長此言一出，大包廂內的人是哄堂大笑。方志宏舉著空酒杯，臉上一陣青一陣白。

主任拍拍局長的大腿，做出「天機不可洩漏」的神情說：

「局長啊，您說到重點了。您知道為什麼我要僱用他嗎？」

「你說！」

「因為他便宜！」

「便宜？你是人口販子啊？」

大包廂內又響起哄堂大笑。主任瞪大眼，假意爭辯道：

「局長您不曉得，他對薪資的要求很低。我付給他的薪水，幾乎是其他職員的一半。既然可以省錢，我何樂不為？」

「乖乖，主任，你已經墮落到這種地步了；為了撙節成本，不擇手段了。」局長對主任揮手道：「我看，你乾脆僱用小學生算了！」

「遵命！局長的話就是聖旨。我馬上炒他魷魚，去小學徵才！」

主任指著方志宏，嘻皮笑臉道。

這票有頭有臉的人物，幾杯黃湯下肚後所吐出的真言，讓罰站在主桌前的方志宏羞愧得無地自容。

「你這個主任怎麼這麼現實啊？」局長伸直食指，在方志宏面前晃啊晃地：「沒關係，你們主任不要你，我保你！」

「哇！有局長保你，你真是何德何能啊！」主任把雙眼瞇成一條縫，對方志宏嘶吼：「還不乾了，謝謝局長？」

「可是，我沒有酒了。」

方志宏哀求道。這句話的反效果就是主任扯著嗓子，環顧四周道：

「沒有酒？沒有酒？喂！方志宏說他沒有酒了，搞什麼東西嘛？殺風景！」

從方志宏的後方立時伸出一條胳臂，為他手上的空酒杯注酒。

「謝謝局長。」

方志宏一飲而盡。

然而，他手上的酒杯就像取之不盡、用之不竭的聚寶盆一樣，才乾了一杯，就被後方伸出的胳臂斟滿；再乾了一杯，又被斟滿。

「局長，保我！」

「不！局長，保我！」

「你少囉唆，局長要保的是我！」

「不！局長要保的是我！」

同事們嘈雜的起鬨聲，在方志宏的耳邊縈繞不去；方志宏的意識，也愈來愈趨模糊。

就在即將不省人事之際，他瞥見他的直屬上司坐在主桌中醉得東倒西歪，嘴角笑得花枝亂顫。

她的套裝外套搭在椅背上。身旁某不知名處長的手，則肆無忌憚地搭在她雪白的肩頭上。

方志宏再度睜開雙眼時，已經是躺在家裡的床上了。

他身上的裝扮也從上班時穿的襯衫、西褲換成了衛生衣褲。自己是怎麼回來的？騎車？坐計程車？

或是誰好心載他回來的？他想破了頭，一無所悉。

他掀開被窩，離開熟睡在身邊的太太，來到兒子的房間，幫每夜必踢被子的兒子蓋被。

睡姿不佳的兒子發出輕微的鼾聲，全身呈大字形，打橫睡在嬰兒床上。

方志宏俯身，在兒子額上淺淺一吻，接著走進浴室，站在梳妝鏡前，兩手撐在洗手檯上，凝視著狼藉不堪的自己。

許久，他終於流下淚來。

隔天上午，方志宏按照研究中心既定的行程，出席了在另一所大學舉行的學術研討會。

他坐在如電影院般的階梯式會議廳的後排。主任與直屬上司則以學術論文發表人的身分，偕同其他大學來的發表人與評論人面對聽眾，在臺前坐成一排。

不曉得為什麼，在臺前坐成一排的論文發表人與評論人，人人皆掛著一張如喪考妣的死臉。

主任與直屬上司也不例外。方志宏只瞄了臺前一眼，就不想再看下去；他們張口論述的內容，也引不起方志宏一丁點兒的興趣。

發表論文就發表論文嘛，為什麼還要開這種會呢？簡直吃飽了沒事幹，無聊到了極點——

他低喃著，伸手支住因宿醉而疼痛的腦袋。

另一方面，主任與直屬上司似乎是天賦異稟。儘管昨天醉成那副德行，當報告聯名發表的論文時，兩人卻能指天畫地、侃侃而談，彷彿船過水無痕，完全不受殘留在體內的酒精影響。

也許，在他們兩人體內，早就已經沒有任何酒精殘留了，不像自己那麼沒用。能夠在研究中心當主任、當組長的人，無分男女、無分老少，果真非等閒之輩。

就在方志宏這麼讚歎的時候，他看到七、八排之前的座位中，有個似曾相識的身影在晃動。

他從那人與鄰座交談的側臉依稀認出對方。但因年代久遠，他也沒有十成的把握。

會是他嗎？方志宏的心怦怦跳著。

如果能在這麼無趣的場合與他重逢，那就真的太好啦。但是，太陽底下，真會有那麼巧的事嗎？

方志宏盯著那人的側臉胡思亂想，頭也不再疼痛了。

盼到研討場次與場次間的休息時間，方志宏穿梭於人堆中，欺近站在會議廳外走廊的那人。

那人一手端著紙餐盤、一手握著紙杯，與另外三名蛋頭學者圍成個小圈圈，一面享用點心，一面插話聊天。
方志宏辨識出掛在那人胸前的名牌後，倒抽一口氣。
是他，真的是他！方志宏激動不已。
他上前打岔，向那人自我介紹。那人眼睛一亮：
「啊，是你——」
「是我。我們，足足有二十年沒見了吧？」
「可不是嗎？我都年過四十了。」
「時間過得真快——」
「你呢？應該也有三十了吧？」
「我三十好幾了呢！」
「真想像不到，你三十幾歲時會是這個樣子。」
「我也想像不到，你四十幾歲時會是這個樣子！」
方志宏說完，兩人互視而笑。
那位舊識向三名蛋頭學者打了聲招呼後，拉著方志宏退到走廊一隅，問道：
「你爸爸媽媽還好嗎？」
「老樣子。你爸爸媽媽呢？」
「我爸爸退休了，媽媽也是老樣子。」

「好懷念他們啊！」
「我也很懷念你爸爸媽媽。你結婚了嗎？」
「結婚了。」
「有小孩嗎？」
「一個兒子，剛滿一歲。」
「太棒了。」
「你咧？」
「我啊？我還未婚咧！」
「啊？為什麼？」
「為什麼啊？」舊識笑了笑：「工作太忙了吧。」
他任教於某私立大學的理學院，迄今十年。
「你從以前就很會唸書啊。能當大學教授，一點兒也不令人意外。」
方志宏說。舊識糾正他：
「我還不是教授，是副教授。」
「有什麼差別嗎？」
「差多了。」
舊識苦笑，欲言又止。

方志宏問道：

「所以，你也是來發表論文的嗎？」

「不是。」

「你是來評論論文的？」

「也不是。」

「那麼——」

「講白了，我的專長與這個研討會的主題毫不相干。」舊識扶了扶近視眼鏡後說：「我拿的是心理學的學位。」

「心理學？與這個研討會的主題相去甚遠呢！」

「是啊。我純粹是因為心情太鬱悶了，所以跑到別人的場子，藉由一個全然不同的領域來調劑調劑。」

「發生了什麼事嗎？」

「說來話長，是研究上的事。」

「怎麼說呢？」

「有人眼紅，看不得我嶄露頭角，想盡辦法刁難我。」

「這種小人到處都是啊！」

「沒錯。你呢？目前在哪兒高就啊？」

方志宏吞吞吐吐，報出了研究中心的全名。舊識點頭道：

「難怪你會來參加這個研討會。你在那間大學教書嗎？」

「不是的。」

「你不是大學老師嗎？」

「我只是一個研究中心的小職員而已。」方志宏怪不好意思地。

「當職員也很好啊，你不必妄自菲薄的。」

「其實，我這個職員能做多久，自己都沒個準呢。」

「為什麼？有誰想逼退你嗎？」

「不是，是我自己想逼退我自己。」

「那可不行啊！你不但要自立更生，還得養家糊口呢。你太太有在工作嗎？」

「她因為生產而休息了一陣子，下個月就要回去上班了。」

「即使如此，你也要好好工作啊。」

「不是我不想好好工作，實在是因為——」

方志宏忸怩著身子，將職場上的委屈一五一十地向舊識傾訴。

前公司的人事鬥爭、自己謀職的時運不濟，以及研究中心如何狗眼看人低地對待自己——

話匣子一開，方志宏一不做二不休，連帶把自己求學時代考場與情場雙雙失利的倒楣事，都向舊識和盤托出。

休息時間結束。走廊裡，就剩下他們兩個人了。

「歸根究底，打從發生在十二歲生日前夕的那樁慘劇起，我的人生就像是受了詛咒似的，再沒怎麼順遂過。」方志宏說。

「是什麼樣的慘劇啊？」

舊識問。待方志宏聲淚俱下的自白告一段落後，舊識長嘆一聲，總結道：

「你的運氣也真夠背的了！」

「還好，今天能遇見你，已經算是我不幸中的大幸了。」

方志宏苦中作樂道。舊識左思右想了好一會兒，橫地心生一計，說道：

「不瞞你說，我倒有個想法。」

「哦？」

「說出來你聽聽看。如果這個想法能付諸實行，說不定能一舉扭轉我們兩個人的命運。」

「是嗎？」

「而且，說不定也能破解那樁慘劇的詛咒，讓你的人生，從此不再有缺憾！」

「有這麼神奇？」方志宏被挑起了好奇心：「你就別再賣關子了吧，我願洗耳恭聽！」

第九章

「放在我抽屜裡的這張字條，是你寫的吧？」

阿健委身在學校大禮堂角落的七層跳箱與禮堂牆壁隔成的狹小空間中，與許肥當面對質。

阿健將一張被他揉得稀爛的測驗紙正面，朝許肥的臉單手展開著。

從升上五年級起，學校為發展重點運動項目，就把大禮堂規劃為平衡木、彈翻床、高低槓與跳箱等器材的專用場地，並延攬了從體操國手退役的全國紀錄保持人為專任體育老師。

體育老師彷彿是在尋覓接班人似的。他疾聲令下，驅策班上同學在這些器材上不停地翻、不停地滾、不停地騰、不停地躍：

「統統有，第二遍，開始——

「第三遍，開始——

「第四遍——

「第五遍——」

班上同學就這樣被操得半死不活，一刻不得閒。

無怪乎一提起體育課，人人都苦不堪言。留平頭、五短身材的體育老師，也因此被名列於五大惡師之首。

「我再問你一次。放在我抽屜裡的這張字條，是你寫的吧？」

阿健怒氣沖沖。字條上寫道：

有種，你就再跟班長走近一點！

「你真的想知道嗎？」許肥回道。

「廢話！不然我問你幹嘛？」

「好，我就告訴你。是我寫的又怎樣？」許肥豁了出去：「好漢做事好漢當。怎樣？你有意見嗎？」

「你寫這種字條，是什麼居心？」

「哼！你反問你自己吧！」

「我怎麼了？」

「還記得去年嗎？」

「去年我怎麼了？」

「還裝傻？去年健康檢查的時候——」

「怎樣啊？」

「怎樣？你鬼鬼祟祟地在小菜園裡騷擾班長，你都忘光光了嗎？」

「你亂講，我哪有騷擾她？」阿健說：「我是在跟她講話。不對，是她在跟我道歉。」

「『妳用不著放在心上。誰教我們的便當盒外形一模一樣？』」許肥裝模作樣，模仿起阿健的語調：「你這不是在騷擾她嗎？」

「這算什麼騷擾？你怎麼會知道這些話？」阿健面紅耳赤：「是誰跟你通風報信的？」

「若要人不知，除非己莫為！」

「是誰？」

「是鞭炮。」

「鞭炮？」

「他都告訴我了。」

阿健回想起鞭炮躲在保健室外的廊柱後竊喜的樣子，以及他「羞羞臉！羞羞臉！阿健羞羞臉！」的狂呼聲。

這該死的傢伙。

「鞭炮告訴了你又怎樣？」

「不怎麼樣。」
「你不爽喔？」
「誰爽啊？」
「為什麼不爽？」
「因為，癩蛤蟆竟然想吃天鵝肉。」
「死許肥！你說誰是癩蛤蟆？」
「當然是你！難道是班長嗎？」
「你才是癩蛤蟆咧！」
「我可沒吃天鵝肉。吃天鵝肉的是你！」
「就因為我吃到了天鵝肉，所以你嫉妒我？」
「呸！嫉妒？你也配？」
「不然，你寫這種字條給我幹嘛？」
「我是仗義執言！」
「少蓋了你，明明就是在嫉妒我！」
「我是仗義執言！」
「承認吧，你就是在嫉妒我！」
「厚臉皮！」

「你叫屁啊！」

「馬不知臉長！」

「你猴子不知屁股紅啦！不對，你是豬不知屁股臭！」

「你叫屁啊！」

「你叫屁啊！」

「叫屁！」

「叫屁！」

「君子報仇，三年不晚。阿健，你給我等著瞧！」

許肥宣示與阿健的決裂後，悻悻然地推撞身後的七層跳箱。跳箱轟然而倒。其中一層，不慎碰到了體育老師的背部，他因而跌了個「狗吃屎」。

「完了！」

阿健與許肥同時驚呼。體育老師手撫著後背，哀號著站起身來。他惡狠狠的目光環視四面，最終落到了阿健與許肥身上。

只有少數同學能將心比心，為體育老師抱屈；大多數同學則隔岸觀火，掩鼻而笑。

「是你們兩個弄的對不對？」

兩位肇事者被體育老師咆哮，嚇得一動也不敢動。
「還不講話！是你們兩個對不對？」
阿健指著許肥：
「是他，不是我。」
「——」
「還狡辯？一個巴掌怎麼拍得響？就是你們兩個！」
「——」
「太可惡了！我活到這麼大，還沒見過敢偷襲老師的學生！簡直無法無天！」
「——」
「以為是學期末就可以亂來了嗎？罰你們兩個去給我拉單槓！引體向上，一個人一百下！不，一百五十下！」
同學間爆出哄笑聲。阿健與許肥的臉色，白得比一張測驗紙還要白。
福無雙至，禍不單行。傍晚放學回家，阿健從雙親在客廳裡的談話中，得知一項噩耗。
「我們有新鄰居要搬進來了。」爸爸說。
「什麼時候啊？」媽媽說。
「下禮拜吧。」

「你聽誰說的？」

「樓下周家啊。」爸爸望著餐桌：「我們什麼時候可以吃晚飯啊？」

「你急什麼？我上了一天班，腰痠背痛地，你讓我休息一下不行嗎？」

「我沒說不行啊，只是問妳一下嘛。」

「我先休息個十分鐘再說。」

「知道了，妳愛休息多久就休息多久。」

「少來了。你說新鄰居要搬進哪一戶啊？」

「妳不知道嗎？」

「我每天都出去上班，又沒在鄰居間串門子，怎麼會知道呢？」

「妳的消息也太不靈通了。」

「你說是不說啊？」

「哎唷，就是樓下啊！」

「三樓對門嗎？」

「三樓沒錯，但不是對門，是我們的正樓下。」

「我們的正樓下住的不是周家嗎？」

「就是周家，他們要搬走啦。」

「周家要搬走？」

「周先生親自跟我講的，不會錯的啦。」

「他們住得好好地，怎麼會要搬家呢？」

「誰曉得？人家有難言之隱吧。」

「他們要搬去哪裡？」

「聽說是民生東路那邊的新社區。」

「那是好地段呢，周先生發了嗎？」

「這種私密的事，我哪會清楚？」

「周家要搬走？我怎麼都不知道咧？」

「妳每天都出去上班，又沒在鄰居間串門子，怎麼會知道呢？」爸爸學媽媽說道。

「好可惜啊，我們跟他們也做了十多年的鄰居吧？」

「我算算，我們是結婚後搬過來的。」

「阿健現在都小學五年級了——」

「的確是十多年——」

「說長不長、說短不短呢。」

「希望搬進來的新鄰居也是戶好人家。」

「周家要搬走的事，阿健知道嗎？」

「他本來不知道。但是妳嗓門那麼大，他現在應該知道了。」
「他一定很捨不得他的周哥哥。」
「人生何嘗沒有不散的筵席？」
「阿健！快出來，你的周哥哥要搬走了！」
「妳那麼大張旗鼓做什麼啦？」
「阿健！你還躲在房間裡幹嘛？」

五分鐘後，阿健哭喪著臉，坐在周哥哥的房間裡頭，床緣的老位子上。
「周哥哥，你們為什麼要搬走啊？」
「來，這本《101超人》第一卷借你看。」坐在鋁桌前的周哥哥沒有正面答覆：「101超人是《超人神童》的續篇喔。不過，神童的部下『天魔神』、『始祖鳥』與『黑豹』在書中並沒有登場。」
「謝謝。可是，我不想看。」
「為什麼？」
「我的手臂舉不起來。」
「你生病了嗎？還是受傷了？」
「都不是。我白天在學校拉單槓，拉太多下了。」

「你拉了幾下？十五下？二十下？」
「不止。」
「三十下？四十下？你該不會拉了五十下吧？」
「不止。」
「不止？七十下？」
「不止。」
「還不止？八十下？一百下？」
「我一共拉了一百五十下。」
「你拉那麼多下單槓幹什麼啊？」
「沒辦法，我是被逼的。」
「是哪個同學欺負你？」
「不是同學。」
「那是？」
「是老師，體育老師。」
「體育老師為什麼要欺負你？喔，我知道了，你是被老師處罰了吧？」
「我是被冤枉的！是我的同學許肥闖的禍，他用跳箱打老師，不是我！」
「你沒跟老師說嗎？」

「我說了，可是老師根本聽不進去。」

「所以，老師連你也一起處罰了？」

「你看我多倒楣。」

「這就叫作無妄之災。」

「對我來講，你搬走更是無妄之災。」

周哥哥甩了甩他升上大學後留起的長髮。

「我在這個家已經住了二十幾年了。其實，我也不想搬走呢！」

「那就不要搬啊！」

「沒法子。阿健，世上有些事不是你想怎樣就能怎樣的。」

「周哥哥你搬走了，那我要怎麼辦呢？」

「不要緊的，你現在收藏的漫畫書數量都超過我了。就算不能再到我這邊來看漫畫，對你也沒什麼損失。」

「我在意的不是漫畫書。」

「——」

「你不在的話，我就沒朋友了。」

「你有你的同學啊。」

「那不一樣。」

「你有許肥啊。」
「許肥他不是我的朋友，他是我的敵人！」
「他不是在學校都有幫你很多忙嗎？」
「那是以前，現在我們鬧翻了。」
「好好地鬧翻幹嘛？趕快跟他言歸於好吧。」
「我不要！都是他害我被體育老師處罰！」
「那——你有鞭炮啊。」
「他也不是我的朋友。」
「你有矮冬瓜特攻隊啊。」
「他們也不是我的朋友。」
「你的朋友怎麼那麼少啊？對啦，你們班班長，總是你的朋友了吧？」
「那是——不太一樣的朋友。」
阿健紅著臉，囁嚅道。
「你多交一些跟你年紀相近的朋友吧，這樣你就不會寂寞了。」
「周哥哥你搬走以後，我們還會是朋友嗎？」
「當然囉，我們一直都會是朋友啊。」
「可是，以後我們就不會再見面了吧？」

「這很難說喔。我只是搬到臺北市去，又不是搬到中南部，還是很有機會重逢的啊。」

「真的嗎？」

「周哥哥可曾講過假話騙過你？」

「要重逢喔。」

「好。」

「一言為定喔。」

「一言為定。」

「我們打勾勾。」

「打勾勾。」

「我手沒力，周哥哥你幫我一下。」

周哥哥扶住阿健的右胳臂，兩人互勾右手小拇指。

「我們蓋印章。」

「蓋印章。」

兩人互碰右手大拇指。

「這樣就萬無一失了。」

阿健寬心道。周哥哥說：

「其實，你也可以自己來民生東路找我啊。」
阿健搖頭：
「我不去民生東路。」
「為什麼咧？」
「因為，許肥的表哥，就住在民生東路新社區。」
「可是，我也要住那兒啦。」
「喔，也是啦。」
「有空，還是叫你爸爸媽媽帶你過來走走吧。」
許肥果然說到做到。
第二天早上阿健一進教室，就看到許肥那臃腫的身軀徘徊在麻花辮班長的身邊，不禁妒火中燒。
「許肥！你在幹什麼？」
阿健書包都沒放，便衝到麻花辮班長的座位去興師問罪。
「我怎麼啦？」
許肥吊兒郎當地回道。阿健氣急敗壞：
「你跑到這裡來幹什麼？」

「我有事來找班長，不行嗎？」
「不行！」
「大家都是同學，為什麼我不能來找班長？」
「我說不行就是不行！」
「奇怪了，你找班長就可以，我找班長就不行。班長是你一個人的喔？」
「阿健，你不要無理取鬧了。」
麻花辮班長出聲附和許肥，讓阿健措手不及：
「班長，妳——」
「許家育是來跟我請教功課的。」
「功課？」
「他很有誠意，邀請我擔任他的課業輔導小老師。」
「班長，這是他的詭計——」
「我已經答應他了。」
「妳答應他了？不行啊——」
「為什麼不行？同班同學本來就應該互相幫忙。」
「但是——」
「如果你邀請我擔任你的課輔小老師，我一樣也會答應的。」

「好，那我也邀請妳。」

「沒問題，不過要到下個月我才會有空。」

「為什麼？」

「因為這個月我必須擔任許家育的課輔小老師啊。」

「整個月嗎？」

「沒錯。剛剛我就是在跟許家育排時間。」

「許肥他包下了妳整個月？」

「包下？包下？阿健！我生氣了！你講那什麼話？什麼叫作『包』？」

「哎唷，女生就是女生。只不過是一字之差，班長妳幹嘛小題大作——」

阿健還沒說完，就嚇了一大跳。只見麻花辮班長開始抽泣，眼角流下淚來。

阿健張皇失措道：

「喂喂喂，班長，妳幹嘛哭啊？」

圍觀的同學七嘴八舌，紛紛落井下石：

「阿健，你死定了——」

「男生弄哭女生，羞羞臉——」

「完蛋了你——」

「我們要去告老師——」

阿健手忙腳亂，向麻花辮班長不住道歉：

「班長，對不起對不起——

「我不是有意的——

「請妳原諒我的無心之過——

「我絕對不會再犯了——」

許肥置身事外，在一旁咯咯笑著看好戲。哭成淚人兒的麻花辮班長只對阿健講了這麼一句話：

「阿健，我對你太失望了，太失望了。」

就是這句話，讓阿健的心都碎了。邀請麻花辮班長擔任自己課輔小老師的事，自然也就無疾而終。

「這就是事情的始末。」

周家搬走的前晚，阿健到周哥哥的房間道別時，將他與麻花辮班長的勃谿一吐為快。

「從那之後，麻花辮班長就沒有再跟我講過話了。」

阿健黯然道。周哥哥問：

「一句話也沒有講過？」

「一句也沒有。」
「所以她的氣還沒消囉？」
「是啊。我在學校裡怎麼叫她，她都不理我。」
「女生有時候是很執著的。」
「她再這樣執著下去，我要怎麼辦咧？」
「如果，你借她少女漫畫看呢？」
「她呀，現在都改看許肥借她的少女漫畫了。」
「許肥有少女漫畫？許肥也買少女漫畫？」
「你不知道，為了討好麻花辮班長，他是無所不用其極啊！」
「不然他也不會邀請你們班長擔任他的課輔小老師了。」
「是啊。他們兩個人上午也在課輔、下午也在課輔；昨天也在課輔、今天也在課輔——」
「許肥還滿用功的嘛。」
「算了吧，哪有那麼多課好輔啊？」
「呵呵。」
「誰都看得出來，麻花辮班長教得是很認真，可是許肥只是在找機會跟她相處而已。」

「你們班長知道許肥別有用心嗎？」

阿健聳肩。

「這要問她囉。」他說。

「許肥對你們班長倒是一往情深啊。」

「唉，這才是標準的『癩蛤蟆想吃天鵝肉』！」

「你們班長該不會也喜歡許肥吧？」

「不可能，許肥那麼肥！除非她眼睛瞎了！」

「這也很難說喔。女人心，海底針。什麼樣的男人，高的矮的、胖的瘦的、老的少的、富的窮的，可都有女人喜歡呢！」

「啊？怎麼會這樣？」

「你才知道啊。」

「真的嗎？」

「真的啦，女人是捉摸不定的。」

「照你這麼說，萬一，我是說萬一，麻花辮班長對許肥有那麼一絲絲、一絲絲的好感，那——」

「那你就萬劫不復了！」

「那我要怎麼辦？」

「怎麼辦？」

「是啊，我要怎麼辦？」

「這種兩男搶一女的三角習題，通常也只有一個辦法解決。」

「什麼辦法？」

「就是你跟許肥一決勝負，做個了斷。」

「你是指我跟許肥打一架嗎？」

「也不用那麼暴力啦，你們可以比別的東西。」

「比什麼呢？」

「你可以比你擅長的東西啊，這樣你的贏面就比較大了。」

「像什麼咧？」

「你最厲害的是什麼，你自己不知道嗎？」

「漫畫？」

「對啊。你跟許肥比漫畫，你穩贏的啦。」

「說得也是，他怎麼可能是我的對手？」

「你們事先約好，比輸的人要退出；比贏的人，才有追求你們班長的資格。至於班長她接不接受追求，就由她決定了。」

「好主意！就這麼辦！謝謝周哥哥！」

「不客氣。希望我們下次重逢的時候，站在你旁邊的，就是你們的班長。」
「哈哈哈，周哥哥你拭目以待吧！祝你搬家一路順風喔！」
「你也要加油，贏得決鬥喔。」
「沒問題的啦！」
阿健豪情萬丈。

第十章

「怎麼樣？你意下如何？」

舊識說完他的想法後，這麼問方志宏道。

與舊識的一席長談，讓方志宏茅塞頓開。他躍躍欲試道：

「很新奇——我還不知道有這一招呢！」

「戲法人人會變，各有巧妙不同；我只是在原有的基礎上擴充規模而已。」

「嘆為觀止。」

「心動嗎？」

「很心動。」

「願不願意共襄盛舉？」舊識開出了頗為豐厚的條件：「這個數字，夠不夠？」

「那麼多？」

「你嫌不夠的話，我可以再去爭取。」

「不用了，已經綽綽有餘了。」

「所以，你是同意囉。」

舊識巴巴地望著方志宏。

方志宏深吸一口氣，俐落地做了決定。

翌日上班時，方志宏向他的直屬上司遞出辭呈。

「才來一個禮拜，試用期都還沒屆滿，你就要走？」

直屬上司晃著手上的辭呈不以為然。一聽就知道，她話中責備的成分，遠甚於惋惜的成分。

「我不想浪費我們彼此的時間。」

堅拒挽留，也不肯明說離職原因的方志宏，最初只以「生涯規劃」之類的遁詞搪塞；後來被直屬上司逼急了，便暢所欲言道：

「我可聲明在先，是妳非要聽實話的。」

「難道我會希望我的部屬說謊騙我嗎？」

「既然如此，告訴妳也無妨。反正呢，我就是對這個研究中心很感冒。」

「你是對我個人的領導風格有所不滿嗎？」

「妳太抬舉妳自己了吧？何只是對妳個人？我對整個研究中心的人都不滿！」

「你那麼憤世嫉俗幹嘛？」

「我不過是實話實說罷了。」

「連主任你也不滿嗎？」

「哈，全研究中心我最不滿的人就是他！」

「你不覺得你這樣放話很不厚道嗎？」

「我都要閃人了，還管妳什麼厚道不厚道？」

「好吧，既然你都這麼說了，那我也就沒什麼好講的了。」直屬上司面罩寒霜。她別過頭去，不再看方志宏：「我會向主任報告的。」

「愈快愈好。」

她心有不甘，又追加一句道：

「我想，主任應該會很慶幸。」

「慶幸什麼？」

「本中心甩掉了一個包袱。」

「是啊。」方志宏反唇相譏：「不像妳，甩也甩不掉某某處長搭在妳雪白肩頭上的手。」

「你在說什麼？」

「妳記性那麼差嗎？前天在江浙餐館的事——」

「你不要造口業，嘴巴給我放乾淨點！」

晚上回家後，方志宏向太太坦白道，自己已經從研究中心離職了。

太太花容失色：

「你怎麼又來了？叫你不要那麼衝動，要騎驢找馬，你還是不聽話！做事冒冒失失地——」

「這一次可不一樣。」

方志宏向太太源源本本道出他與那位舊識重逢的經過，以及他離職後的計畫，但隱瞞了舊識的提議中，最為核心的部分。

太太聽完滿面狐疑：

「那位舊識為什麼要對你那麼好？每個月還資助生活費用給你？」

「其實，這也算是幫他的忙啦——」

方志宏又夸夸其談了一個多鐘頭。在他鼓其舌簧下，太太勉予同意道：

「好吧，你就看著辦吧。」

於是，方志宏就此展開了他的新人生。

光陰似箭，歲月如梭。

到了兒子要上小學的那一年，離方志宏家不遠的巷口，新開張了一家小麵店。

麵店老闆人雖胖、頭雖禿，但無損於他的好手藝。他麵條煮得軟硬適中、嫩而帶韌；麵湯的味道既不致太濃，也不致太淡。

而且，他麵又賣得便宜。方志宏每兩、三天，就會帶著家人去光顧一次。

麵店老闆也與方志宏這位常客心有靈犀。每回光顧，老闆就會問他：

「老樣子嗎？」

「對，老樣子。」

省了方志宏不少唇舌。有時候，他連「對，老樣子」這四個字都不必開口，他與家人要的麵就端上來了。

禿頭胖老闆笑容可掬，用圍在脖子上的白毛巾擦汗。這個形象，深植人心。

就像人喝海水會愈喝愈渴一樣，他愈是常光顧這間麵店，就愈想再光顧這間麵店。

就在某次方志宏從麵店回家的第二天晚上，他走到兒子房間，將那位周哥哥所推介過的四本《漫畫大王週刊》，照期數排開在兒子的面前。

四本《漫畫大王週刊》都是長約十八點五公分、寬約十三公分的薄本雜誌；每本週刊的售價均為新臺幣十元。

創刊號連載的漫畫有《紅舞鞋》、《超人力霸王》、《生日的奇遇》、《孫悟空》、《牛家班》；附贈的紙工勞作為「室內釣魚」；發行日為民國六十五年七月二十三日。

第二期連載的漫畫有《紅舞鞋》、《超人力霸王》、《會說話的海龜》、《孫悟空》、《牛家班》；附贈的紙工勞作為「超人賽車」；發行日為民國六十五年七月三十日。

第三期連載的漫畫有《紅舞鞋》、《超人力霸王》、《爭取冠軍》、《孫悟空》、《牛家班》；附贈的紙工勞作為「神奇電視」；發行日為民國六十五年八月六日。第四期連載的漫畫有《紅舞鞋》、《超人力霸王》、《爭取冠軍》、《孫悟空》、《牛家班》；附贈的紙工勞作為「超人旋風機」與「海濱小屋」；發行日為民國六十五年八月十三日。

兒子看這四本看得廢寢忘食。

「你看，這邊有訂閱辦法。」方志宏為兒子打開漫畫大王週刊封底的翻頁，費心解釋道：「如果要長期訂閱，全年五十二期，新臺幣四百元；半年二十六期，新臺幣兩百一十元；三個月十三期，新臺幣一百一十元。」

「喔喔。」

「你想訂多久？三個月？半年？還是全年？」

「哪一個最久呢？」

「問得好，太專業了，不愧是我的兒子。」

「哪一個最久嘛？」

「全年最久；半年第二；三個月最短。」

「那我要訂全年！」

「好。只要將四百元的書款存入這個郵政劃撥儲金戶，或打電話通知漫畫大王雜誌社就可以了。」

「這些我不懂。」

「你不用懂，爸爸代你去郵局劃撥。以後你每個星期五，都可以收到最新期的《漫畫大王週刊》了。」

「太棒了！」

自此，兒子就一頭栽進了漫畫書的天地裡。

從兒子七歲起，方志宏供應給他的漫畫書從一期一期的《漫畫大王週刊》，晉升為大型機械人與超人的科幻漫畫單行本。

首先是《鐵霸王》。此系列共有五本，每本長約十七公分、寬約十一公分，售價為新臺幣二十元。

五本書名分別為《鐵霸王》、《真假鐵霸王》（第二部）、《強霸鐵人》（第三部）、《鐵霸王的危機》（第四部）、《鐵霸王地獄戰》（第五部）。書中的登場人物如下：

鐵霸王——外形酷似中世紀歐洲盔甲騎士的大型機械人。

金博士——鐵霸王的發明者。

金得勝——金博士的孫子，鐵霸王的操縱者。

金志龍——金得勝的弟弟。

張教授——金博士的學生，宇宙科學研究所所長。
張玉燕——張教授的女兒，新美那斯A號的操縱者。
地獄軍團司令——惡魔星人的大王，目標是征服世界。
阿修羅男爵——地獄軍團成員，司令的部下。
巴魯特伯爵——地獄軍團成員，司令的部下。

「說起來很奇怪。一個普普通通的人，在一天之中，變成了一位超人。「那就是我。我承受了這份驚人的能力，同時也肩負了重大的責任。為什麼？因為我是人。我必須為世界和平貢獻一己之力，我要做一位和平的維護者！

「你想我怎麼有如此的力量？那可怕的力量，就是來自隱藏著巨大戰鬥力的機械人——鐵霸王。」

手捧《鐵霸王》漫畫書的兒子彷彿準備考試似的，在房間裡獨白著男主角金得勝的台詞。

再來是與《鐵霸王》一個模子的《無敵鐵金剛》。此系列也有五本，一本一卷，總共五卷。故事內容為：

第一卷——無敵鐵金剛的誕生、無敵鐵金剛的殲滅戰、魔鬼F3號的登場、大回轉攻擊、無敵霸王的出現。

第二卷——尖角怪V3號、雷電人S1號、無頭伯爵D5號、無敵鐵金剛對妖鳥、美妮華X號。

第三卷——幻術作戰、黑魔大將軍、赫爾博士簡介、赫爾的下場。

第四卷——國隆被捕、紅番V7號。

第五卷——雪地作戰、人魚怪魔、鐵甲怪獸、蜻蜓鐵獸、太空間諜戰。

至於大魔神，誠如兒子所言，根本就是輪廓線條更為銳利的無敵鐵金剛。此系列五本的書名分別為《外星人的剋星大魔神》、《鐵人陰謀戰》（第二部）、《化石恐龍》（第三部）、《地獄大帥》（第四部）、《外星人生死戰》（第五部）。

此外，尚有《閃電鐵人》、《超級鐵人》、《鐵人巨無霸》、《宇宙鬥士》、《太空飛龍》、《原子鐵金剛》、《超人力霸王》……

方志宏與兒子約法三章道：

「第一條，爸爸給你的這些漫畫書你要藏好，不要讓你媽媽發現了。」

「遵命。」

「第二條，牢記第一條。」

「遵命。」

「第三條，絕對牢記住第一條。」

「遵命——」

兒子九歲那年，方志宏為兒子蒐集的則是小型機械人與超人的科幻漫畫。首先是《微星小超人》。此系列共有六冊，第一冊至第五冊每本特價新臺幣二十元；第六冊調升為二十五元。故事內容為：

第一卷——微星人出現在地球、牛角怪作亂、羊角怪出現。

第二卷——魔怪兵團大鬧油田、魔怪兵團大鬧古蹟地。

第三卷——魔怪復活城市遭殃、萬能戰車出動。

第四卷——新機械人00Z海空大決戰、白頭山上魔怪兵團作亂、鐵甲武士坦克車、空中鬥士戰鬥機。

第五卷——微星人宇宙船、微星人小都市超中性子武器、自由女戰神、全自動來福槍、名槍戰鬥。

第六卷——母子親情篇、強敵阿典、魔怪大帝。

再來是無敵金剛009第一至第三十七冊。第一至第二十九冊每冊特價新臺幣二十五元；第三十冊至第三十七冊每冊調升為三十元。

從001到009的九名無敵金剛改造人分別擁有不同的超能力：

001——精神感應。

002——超音速的五倍。

003——千里眼外加順風耳。

004——手部為刀與機關槍；膝部裝載飛彈。
005——力大無窮。
006——噴火與鑽土。
007——變化為各式各樣的物體。
008——水中蛟龍。
009——超音速的九倍。
此外，尚有《超人神童》、《機械人超金剛》、《假面超人》、《原子超空人》……

百密總有一疏！
某個週日，坐在餐桌前吃早餐的方志宏受到了太太如下的拷問。
「有件事情我想請教你。」
太太將左手背在身後，從廁所的方向走來。方志宏一聽，暗呼不妙。
通常太太用字愈客氣，就意味著愈沒好事。
「親愛的太太，當然可以啦，請說。」
「我在廁所的面紙盒底下，發現了一樣東西。」
太太亮出她左手的東西。果不其然，是方志宏買給兒子的漫畫書，鐵人28號第十一冊。
「喔，這本書是我的。」方志宏想也不想地就說。

太太把漫畫書放在餐桌上，在他對面坐下，眉宇深鎖：
「你說這本書是你的？」
「是啊，是我買給我自己看的啊。」
「你是怎麼買到這本書的？」
「我——是在夜市的書店買的。」
方志宏捧著燒餅油條的手微微顫抖。九點差十分，兒子還在他的房間內呼呼大睡。
「夜市的書店有賣這種書？」
「有的有的——」
「你有沒有騙我？」
「拜託，我哪敢騙妳？」
太太咂了咂舌，說道：
「算啦，書是誰買來的並不重要，是怎麼買來的也不重要。重要的是，這本書是誰在看呢？」
「我不是說了嗎？是我在看啊。」
方志宏搶白。太太吁了一口長氣後，說道：
「你還是不肯說實話。」
她翻開書中，多處被她摺了一角的內頁。

「這些內頁的空白處，被人用原子筆寫了密密麻麻的小字，什麼『打死』啦、『殺光』啦、『消滅』啦……」她不無諷刺：「勉強也算是些眉批吧。這些字也是你寫的嗎？」

沒料到她有這麼一問的方志宏，一時語塞。

「你說啊，這些字也是你寫的嗎？是嗎？」太太咄咄逼人。

「這些字，應該是書買來的時候就有的吧——」

「是嗎？為什麼我愈看這些字體，愈像是我們兒子寫的呢？」

「不會吧——」

「他在好幾處地方都有簽上他的大名呢，你沒看到嗎？」

「這個——看到了。」

「你還有什麼話說嗎？」

「這個——」

「所以書是你買給兒子看的，對吧？」

「也不能這麼說啦——」

「而且，你買給他的，應該還不只這一本吧？」

「這個——」

斗大的汗珠，從方志宏的額角流到了鼻尖。他坐在椅子上的臀部，不安地左右蠢動著。

太太右手的食指與中指，在餐桌面上輪流敲打。

「所以，當我平日在辛苦上班的時候，當我在挨老闆罵的時候，當我被客戶刁難的時候，我們的兒子就在你的默許下，沉溺在這些漫畫書裡——」

「只是漫畫書，無傷大雅啦！」

「你還說無傷大雅？從這些字的內容來看，這種書已經對他的身心造成不良影響了。」

「不至於吧——」

「這就是你對他的管教方式嗎？好像跟你當初向我承諾過的，完全是兩碼子事嘛。」

太太的神色愈來愈嚴峻；右手在餐桌面上敲打出的節拍，也愈來愈急促。

方志宏放下手中的燒餅油條。為免夜長夢多，他決定速戰速決。

「事情不是妳想到的那樣。」他刻意放慢語調：「就算我有買漫畫書給兒子看好了，那也只是偶一為之而已。」

「是嗎？」

將信將疑的太太，為自己倒了一杯鮮奶。

「既然妳不喜歡這樣。我之後不再買漫畫書給他便是。」

「你今天倒是很爽快嘛。」

「我也會記取教訓，灌輸兒子正確的人生觀，教導他好好做人。」

「這還差不多。一個小孩子怎麼可以那麼暴力呢？」

「這樣妳滿意了吧？」

「你說得是很漂亮，但是還要看你怎麼做。」太太喝了一口鮮奶：「但願你言出必行、說到做到。」

「妳還不瞭解我的為人嗎？」

太太沒有吭氣。方志宏看了漫畫書封面那圓滾滾的鐵人28號機械人一眼，佯裝不經意地說：

「這本我就拿回去囉——」

「等一下！」

方志宏驚魂未定，險些被嘴裡的食物噎到，向書伸出的手又縮了回去。

「這本書我就先沒收了。」

嘴角留下白色奶渣的太太不苟言笑地說。看來，還是免不了要破費為兒子再重買一本啊——

正當方志宏在操這種心的時候，太太聲若洪鐘地對著兒子的房門高喊：

「不要再賴床啦！起來吃早餐！」

第十一章

捱過兩個月的暑假，終於捱到了六年級的開學日。

開學典禮在一片晴空下舉行。全校各班集結成一排一排的隊伍，從操場的這頭綿延到那頭。

阿健站在班級隊伍的第一排尾。他反覆回首，凝望著站在第三排中的許肥與麻花辮班長。

許肥死性不改，與麻花辮班長竊竊私語，旁若無人。偶爾，兩個人間還爆出忘形的笑聲。

當頭的烈日照耀在他們交疊的身影上，勾起阿健的新仇舊恨。

司令臺上的師長無視學生渙散的心神。他們抓牢了麥克風，口沫橫飛地致詞，每個都欲罷不能。

開學典禮結束後，班級隊伍一解散，阿健就把許肥請到司令臺後面談判。

「你還是這麼春風得意嘛，許家育同學。」

與許肥同班六年來，阿健破天荒地稱呼起許肥的全名。再遲鈍者如許肥，也從中嗅出不善的來意。

「有話快說，我可是很忙的。」

汗流浹背的許肥說著，將雙手在胸前交叉。

「忙什麼？喔，對不起，我忘了，你要忙著和麻花辮班長約會呢。打擾到你們了，我真該死啊！」

「狗嘴裡吐不出象牙。」

「我倒是問你，狗的嘴裡要怎麼吐出象牙來？牠吐得出來嗎？」

「所以我說你的嘴裡吐不出象牙來嘛。」

「你罵我是狗？好，沒關係。」阿健哼了一聲：「究竟你是畜牲，還是我是畜牲，我們就來決一死戰。」

他捲起夏季制服的短袖口。許肥面露懼色，退了一步：

「你要打架？」

「誰要跟你打架啊？」阿健一臉不屑：「你滿腦子就只想到打架嗎？」

「誰說的？我哪有？」

「沒有就好。」

「那你捲袖口是要幹麼？」

「我是要跟你比漫畫！」

「比漫畫？怎麼比？」

「很簡單，比數量，一翻兩瞪眼。誰收藏的漫畫書多，誰就贏。」

「就這樣？」

「就這樣。」

「賭注是什麼？」許肥摩拳擦掌。

「賭注是麻花辮班長。」

「麻花辮班長？」許肥失聲道：「這是什麼賭注啊？」

「也就是說，比輸的人，就不能再跟麻花辮班長眉來眼去的。」

許肥用手臂往臉上拭汗：

「你是說，輸的人就不能再跟麻花辮班長講話了嗎？」

「差不多就是這個意思。」阿健又哼了一聲：「反過來說，比贏的人，才有資格陪伴在麻花辮班長的身邊。」

「哪有這樣的？」

「怕了嗎？」

「誰說我怕了？」

「你怕輸了，你就不能再跟你的心上人在一起了。」

「誰說我會輸了？」許肥挺起胸膛：「看著好了，我一定會贏你的。」

「我可是公認的漫畫大王啊，你贏得了我才有鬼呢！」

「什麼時候比？」

「下星期六放學後，下午兩點。」

「地點呢？」

「在我家。」

「在你家？為什麼不在我家？」許肥鼻頭一皺：「這樣我還要扛那麼多書去，很累耶！」

「真抱歉。因為我的漫畫書比你多，扛去你家比較累，所以請你來我家。」

「胡說八道，明明就是我的漫畫書比較多！」

「多說無益。下星期六下午見真章！」

「等一下，你家在哪啊？我又沒去過。」

「我家在四樓，離夜市很近，樓下是一間美容院。」阿健低頭思考著，然後背出住家的全址來。

「喔，我知道那裡。」

「知道了吧。」阿健笑裡藏刀：「那麼，下星期六就恭候你大駕了——」

屋內的氣氛真夠詭異的。

阿健從學校下了課回家，拿出鑰匙開門，踏入玄關，就看到媽媽坐在客廳的沙發上。

「咦？媽媽，妳不是五點鐘才下班嗎？」

阿健腕錶上的時刻是下午四點十五分。媽媽一身外出服裝，宛如一尊雕像般靜止不動，臉上面無表情。

茶几上擺著她那只藏青色的皮包。皮包的背帶，糾成一團。

也許，媽媽是有什麼急事要先回家吧？阿健在玄關卸下鵝黃色的雙肩背式書包，不疑有他。

他脫掉臭汗淋漓的制服上衣，隨手扔在地上後，揚聲說道：

「媽媽，我肚子餓了。」

媽媽沒有回音。他的訴求有如肉包子打狗，有去無回。

怎麼搞的啊？媽媽是耳朵聾了嗎？

「媽媽，我肚子餓了！」

他趨前重申道。鴉雀無聲，媽媽還是沒有動靜。

「妳幹嘛都不理我啊？」

媽媽睜開空洞的雙眸，彷彿正望向未知的幽冥。她上半身被阿健前後搖動的肩骨也軟趴趴的，似乎再大力些，就會四分五裂。

中邪了嗎？

阿健伸出右食指，在媽媽眼前依序畫著小圓圈、大圓圈、小圓圈、大圓圈——

「媽媽，妳怎麼了？說話啊！」

媽媽的瞳孔被圓圈引導著，逐漸聚焦在阿健的臉上。對付蜻蜓的招數，用在人的身上，也一樣有效。

媽媽開始嘟囔著。

「妳說什麼？我聽不清楚，妳說大聲點！」

阿健問道。媽媽繼續嘟囔著，這回，阿健倒聽出了幾個關鍵字。

「——聯手——騙——」

「媽媽，妳幹嘛要哭啊？」

媽媽住嘴後，間歇的啜泣聲聲入耳，阿健慌了手腳。

「是誰欺負妳了嗎？

「告訴我啊，媽媽！」

阿健說破了嘴、咬爛了舌頭，也止不住媽媽的淚水。這時候，如果爸爸在就好了，他對媽媽一向很有一套的。

思忖間，阿健撫在媽媽後背的左手，被媽媽一掌撥開。

「不要碰我！」

阿健將右手撫在媽媽的後背，又被媽媽一掌撥開。

「叫你不要碰我！」

乖乖，媽媽在氣頭上，她動怒了。

這時，從大門的鑰匙孔傳來一陣鏗鏘鏗鏘聲，大門被推了開來，門縫裡探進了爸爸的頭。

他見到客廳內的景象，大吃一驚。

「怎麼回事啊？」他問媽媽：「妳怎麼那麼早就回來，而且在哭啊？」

「原因不詳。」

阿健代媽媽回答。爸爸關上大門進屋：

「阿健，你做錯了什麼事，惹媽媽傷心？」

「我沒有。」

阿健自清道。爸爸屈腰，將皮鞋塞進玄關的鞋櫃：

「媽媽哭成這樣，你還說沒有？」

「與我無關。我一回家，媽媽就悶悶不樂了。」

「你說的是真的嗎？」

「真的！」

「那媽媽為什麼會這樣？」
「我也不知道。」
不明就裡的爸爸繃著臉。他坐上沙發，使盡吃奶之力，婉言安慰著媽媽。
他不安慰還好，一安慰，媽媽忽地發起狂來，雙手握拳，搥打著他：
「都是你們父子、都是你們父子——」
「我們父子怎麼了？」
爸爸狼狽地閃躲媽媽的攻擊。
「你們自己做的事，自己心知肚明！」
「我們做了什麼？」
爸爸制住媽媽揮動的手腕後，深覺局面太過難看，便支開阿健，喝令他回自己的房間去。
「在我叫你之前，你不要出來！」
「可是——」
「可是什麼？叫你進去就進去！」
爸爸說。阿健只能摸摸鼻子，暫且迴避。
為什麼媽媽要說「都是你們父子」？
爸爸跟我做過什麼事？阿健細數著。在爸爸跟我做過的事情中，有任何一件，會讓媽媽這樣失控嗎？

莫非，她所謂的「聯手」、「騙」云云，是指——

阿健惴惴不安地通過客廳，頂開他半掩的房門。

阿健最擔心的事終於發生了。

他的房間內遍地狼藉。印在他視網膜上的，是猶如電視新聞中警方展示所查獲的違禁品般的畫面。

上百本被藏在床墊底下的漫畫書全見了光。全套《漫畫大王週刊》、大型機械人科幻漫畫、小型機械人科幻漫畫與少女漫畫，無一倖免。有的散落在床單上；有的攤疊在拼花地板上。

幾年來，他瞞著媽媽暗渡陳倉的努力，盡數付諸東流。

夜路走多了，再怎麼神不知鬼不覺，難免會有東窗事發的一天。阿健感到全身的血液，似乎都離自己而去。

細察之下，床墊的寬邊有一半還在床架內、一半被推到了床架外。包住床墊的淡藍色床單，則被拆卸了一角。

另一條簇新的米黃色床單被摺成好幾摺，堆放在書桌之上。

這一切，想必是媽媽的傑作。提早下班的她心血來潮，想幫寶貝兒子更換床單，卻在搬動床墊之際，看見了她不該看的東西。

阿健都記不得她上一次幫自己更換床單是什麼時候的事了。他頹然坐在地板上，徒呼負負。

電光石火間，媽媽落淚的真相大白，那不外乎是一介為人妻、為人母者在盡情宣洩滿腔的難堪與悲憤。

自己的丈夫與兒子一個蓄意縱容、一個有恃無恐，連袂把她的漫畫書禁令當作耳邊風，大玩兩面手法，玩弄她於股掌之間——

「不要碰我！」

「叫你不要碰我！」

難怪媽媽對我會這麼無情。

什麼鬼開學日嘛，諸事不吉。白天在學校，向交惡的許肥下戰帖；出了學校，又身陷這場剪不斷理還亂的家庭風暴。

怎麼會這麼衰啊？

唯今之計，是先收拾房間裡的殘局。

雖然床墊底下的藏寶空間已然曝光，但除了物歸原處之外，阿健一時間也找不到其他的地方來擺放這些書了。

他悶頭苦幹，將漫畫書一本一本地搬回。

好累啊！媽媽把這些書搬出來的時候都不累嗎？

此時，從客廳傳來摔東西的聲音。媽媽歇斯底里的哀鳴，一句一句地充塞在燠熱的室內空氣中：

「你這算是什麼父親啊？」

「你講啊，你算是什麼父親？」

「你還好意思講？你讓我扮黑臉，自己卻扮白臉放水，那我這個黑臉扮得還有什麼意義？」

「你這樣給他買漫畫書買了多少年了？你給我講！」

「什麼兩年？事到如今，你還在說謊？絕對不只兩年！你今天不跟我講實話，我跟你沒完！」

「六年！從阿健一年級買到他六年級！你這是什麼爛父親啊？」

「你有沒有算過，他在床墊底下藏了幾本漫畫？」

「沒算過？你要不要猜猜看？」

「不對！」

「不對！」

「不對！」

「不對！」
「你不要再在兩位數上打轉了。」
「不對！」
「不對！」
「告訴你正確數字：四百三十七本！」
「嚇到了嗎？一本漫畫書平均二十元、二十五元、三十元不等。你會乘法吧？要不要乘乘看，這些書花了多少冤枉錢？」
「阿健年紀小不懂事就算了。連你也——」
「我真是錯看你了！」
「把手拿開！」
「我叫你把你的手拿開！」
「不用親！沒有用！」
「沒有用！沒有用！都沒有用！」
「不要！」
「不必！」
「省省吧你！」
「你已經破壞我對你的信任，我不會再相信你了。」

「以後阿健就不關我的事了。」
「他是你兒子，你自己去想辦法！」
「我有我的人生要過。」
「那是你的事，不是我的事。」
「我不是說了嗎？他是你兒子。你就讓他看漫畫書看一輩子不就好了嗎？」
「我是他媽媽又怎樣？反正他只聽你的，又不聽我的。」
「爸爸對他最好啊！媽媽只會兇他啊！」
「別騙人了，你什麼時候兇過他？」
這些一點兒都不像媽媽平常會說的話。她赤裸裸的告白，字字聽得阿健心驚肉跳。
阿健關緊房門，摀住了自己的雙耳。
窗外星月高懸。
大功告成。漫畫書、床墊與淡藍色的舊床單，均被阿健全部歸位。要不是書桌上還放著米黃色的新床單，就好像什麼事都沒有發生過一樣。
如果下午的事是一場夢，那就好了——
大汗淋漓。他躡手躡腳地將房門打開一條縫。關緊房門前，媽媽迴盪在客廳的嗚咽聲，已悄然無存。

他將單眼貼在門縫邊，向客廳窺伺。深褐色的布沙發上，空無一人。

雨過天青了嗎？

他走出房間四下張望，媽媽的藏青色皮包已不在客廳的茶几上頭。去廚房與後陽臺轉了一圈後，既沒看見爸爸，也沒看見媽媽。

廁所的門大開、燈熄著。至於雜物堆積如山的儲藏間，裡面是不可能塞人的。

家裡就這麼點大。他們不在主臥室，還會在哪兒呢？

主臥室的房門緊閉。阿健用左手的指節輕敲了三下後，靜悄悄地。

沒人？會不會他們兩個講都不講一聲，就丟下我出門去了呢？阿健再加重力道敲了三下後，試探問道：

「有人嗎？」

「嗯。」

房內響起爸爸的聲音，這讓阿健喘了口氣。畢竟一個人看家，可不是什麼值得高興的事。

「我要進去囉。」阿健說。

「進來吧。」

爸爸的語氣如常。看樣子，福星高照的自己，應該還是有驚無險地過了這一關了。

媽媽再怎麼強悍、再怎麼潑辣，爸爸才是一家之主嘛！只要他出馬，有什麼事是他搞不定的呢？

阿健微笑著旋轉主臥室的門把，向內一推，與形單影隻坐在床沿的爸爸打了個照面。

「爸爸，我肚子好餓好餓。」

「我知道，爸爸也很餓。」

「媽媽呢？」

「她不在。」

「她出去了嗎？」

「嗯。」

「她去買吃的了嗎？」

爸爸呆了呆，搖搖頭。

「那她去哪裡了？」

「她回娘家。」

「娘家？」

「就是你外婆家啦。」

「怎麼不帶我去？」
「帶你去？」爸爸乾笑：「她要一個人靜一靜，怎麼帶你去？」
「她為什麼要一個人靜一靜？」
「你不知道嗎？她還在生我們的氣啊！」
「她怎麼那麼小心眼啊？」
原來，風既未平浪也未靜。不過，起碼可以暫時避開媽媽那張臭臉——
「她什麼時候回來？」
「誰知道？」爸爸的臉上淨是落寞：「她打包了滿滿一箱的衣物，應該可以撐很久吧。」
「她會回來嗎？」
「世事難料，但我希望她會。」
「爸爸。」
「幹嘛？」
阿健壓低了音量：
「你跟媽媽會離婚嗎？」
「小孩子不要亂講話！」爸爸不高興了：「什麼離婚？你希望爸爸跟媽媽離婚嗎？」

「沒有啊。」
「沒有那你幹嘛問？」
「只是問一下嘛。你不是說世事難料嗎？」
「呸呸呸！你不要烏鴉嘴！」
爸爸別過頭去。阿健坐在爸爸旁邊，問了他最想問的問題：
「爸爸，你不會對我那些漫畫書怎麼樣吧？」
「什麼怎麼樣？」
「你不會把那些漫畫書丟掉吧？」
「你在說什麼啊？」
「我很怕你會把它們丟掉耶。」
阿健把頭埋進爸爸懷裡撒嬌。
「那些漫畫書都是我買的，難道我要把我的錢丟掉？」
「一言為定？」
「一言為定。」
「打勾勾？」
「打勾勾。」
父子倆互勾右手小拇指。

「蓋印章？」

「蓋印章。」

父子倆互碰右手大拇指。

「你不會丟就好。」阿健說。

「你就先別關心你的漫畫書，多關心你媽媽的事吧。等媽媽到了外婆家，我會打電話去勸她回來。」爸爸一手搭著阿健的肩：「媽媽是講理的人，她會願意跟爸爸溝通的。」

「她是嗎？」

看了媽媽下午的表現，阿健高度懷疑。

「你對媽媽有信心，也要對爸爸有信心。」

「我對你比較有信心。」

「謝謝你的支持。還有什麼問題嗎？」

「有。」阿健說：「我好餓。冰箱裡還有什麼吃的東西嗎？」

第十三章

事後，每當阿健追憶起與許肥決戰日的星期六那出奇的好天氣時，都不免感嘆造化弄人。

誰能料想得到，當天象徵好兆頭而在晴空高照的豔陽，為他所迎來的，竟是他生命中最黯淡無光的一頁。

經過一週充足的休養生息，阿健神清氣爽、精力充沛，準備以最佳的身心狀態，痛擊敵人。

起床後，他在床前做起暖身操來。

一二三四、二二三四、三二三四、四二三四——

早餐也吃得比平常多。到校早自習時，別的同學是在復習功課，他卻是在溫習下午的作戰計畫。

自認心思細膩的他，佈起戰陣來也毫不含糊。他將他所收藏的漫畫書分為男生類與女生類：女生類就是少女漫畫；男生類則以科幻類為大宗。

其中，科幻類再區分為大型機械人、小型機械人、大型超人與小型超人四類。阿健打算讓許肥一招斃命，所以計畫的第一步，就是兩個人先來較量較量大型機械人漫畫。

因為阿健在這個類型的收藏數量最多，有兩百二十三本。在這個類型的較量上，他自估有九成的勝算。如果許肥僥倖佔了上風，那麼計畫的第二步，則是在小型機械人漫畫上一決高下。

阿健在這個類型的收藏數量次多，有一百九十八本；再來是大型超人一百八十本、小型超人一百六十五本。

如果老天無眼，他科幻類漫畫精銳盡出都不足取勝的話，後面還有冒險、運動、偵探、恐怖與其他類型以逸待勞。這幾個類型加起來，也有將近三百本了。

即使是少女漫畫，夯不啷噹也有個一百多本。最後，他還有全套六十一期的漫畫大王週刊壓陣。

軍容如斯壯盛，許肥焉能不敗？

萬事俱備，只欠東風。阿健回過頭去，冷冷地看了許肥一眼。

不看還好。這一看，但見坐在教室最末排的許肥，也正在不懷好意地回視自己。

看什麼看你？沒看過帥哥啊？

我可是漫畫大王！你這個笨蛋，憑什麼以為你會贏我啊？

阿健從座位上站起身來，慢條斯理地走向許肥。

「許家育同學，你沒有忘記我們的約定吧？」

「我怎麼忘得了呢？」許肥指著自己的太陽穴。
「下午兩點鐘在我家，不見不散。」
「早就知道了啦。」
「要帶你全部的漫畫書來。」
「你好婆婆媽媽喔。」
「順便告訴你一聲，明天呢，是我十二歲的生日。」
「是嗎？我賭你明天一定會有個難忘的生日。」
「沒錯，我也這麼覺得。」
「因為我今天下午就會徹底擊敗你，提前送你一個難忘的生日禮物。」
許肥的嘴上洋溢著欠揍的笑意；阿健把拳頭握了又放。
「先讓你有個心理準備吧！」許肥托腮道：「說出來嚇死你：我全部的漫畫書，可是有三百多本呢！怕了吧？」
阿健快笑掉大牙了。
三百多本？他光是憑大型機械人與小型機械人漫畫的數量，就超過這個數字了。
許肥這個白癡，輸定啦！
「我好怕喔！」
阿健雙臂環抱著自己，作發抖狀。

上午的四節課裡，想到自己即將高奏凱歌、大獲全勝，阿健就魂不守舍，顧盼著身後的麻花辮班長。

麻花辮班長嘟起小嘴，輕眨著兩排長睫毛專注聽講，渾然不覺自己成了兩個蠢男生莫名其妙的賭注，也完全沒注意到阿健投來的熱切目光。

看著好了。明天過後，我要讓妳這雙水汪汪的大眼睛，一刻也離不開我身上！

阿健這霸道的誓言，連他自己也為之懾服。

中午放學返家時，爸爸已經外帶好了飯菜，在餐桌前等候阿健了。

媽媽回外婆家的這一個禮拜內，阿健在家裡吃的每一餐，都是這麼來的。他依例將書包往玄關一丟，衝上餐桌。

「餓扁了餓扁了——」

他抓起筷子，狼吞虎嚥。

「阿健，明天是什麼日子，你知道嗎？」

「民國七十一年九月十二號星期天，我的生日。」

阿健滾瓜爛熟地說。爸爸拍掌道：

「你可記得真熟啊！」

「當然啦，是我的生日嘛。」
「爸爸先預祝你生日快樂囉。」
「謝謝爸爸。可是，生日禮物不能少。」
「你都這麼大了，還要生日禮物啊？」
「那當然囉。我這邊還有一張漫畫書的採購清單要給你咧！」
爸爸停了有十幾秒鐘，才說：
「吃完中飯後，你先不要回房間裡去，爸爸有話要跟你講。」
「是喔？」
於是，酒足飯飽後的阿健還穿著學校的夏季制服，就這麼與爸爸攤坐在客廳的沙發椅上。
「好熱啊！」阿健拾起茶几上的塑膠扇子搧涼：「爸爸，你要講什麼事啊？要講多久啊？」
「爸爸會從頭說起。」
「你要長話短說喔，待會兒兩點鐘，我有同學要來家裡。」
「哪個同學？」
「許肥。」
「許肥？他來我們家幹嘛？」

「他來送死的。」
「啊？送死？」
「不是啦，他是來跟我決鬥的。」
「你們兩個在模仿美國的西部牛仔啊？」
「我們用的不是手槍。」
「用刀決鬥？」
「也不是。」
「那你們是用什麼決鬥？」
「漫畫書。」
「你們要用漫畫書互丟嗎？」
「不是啦。那麼珍貴的東西，怎麼能拿來丟？」
「說得也是——」
「許肥會帶來他所有的漫畫書，跟我收藏的漫畫書比一比，看誰的數量多。」
「是這樣決鬥的啊！」
「誰贏了，誰就可以跟麻花辮班長在一起——」阿健在扇子搧起的涼風下脫口而出。
「你說什麼？」

「啊，不是。我是說，誰贏了，就可以跟麻花辮班長一起溫習功課。」阿健改口道：「她是我們班的課業輔導小老師。但因為太搶手，所以大家要先比一比，優勝者才能接受她的輔導。」

「你們班長這麼炙手可熱啊！」

「是啊。」阿健意有所指：「她很紅的。」

「好吧，那爸爸就講快一點。」

「磨了半天，爸爸你還沒開始講啊？」

「都是你在講話，我要怎麼講？」

「好啦，現在換你講。」阿健向爸爸擺出「請」的手勢。

「我要講的事情，跟媽媽有關。」

頃刻間，爸爸嚴肅了許多。這一個禮拜以來，媽媽每多不在家一天，他鬢角的白髮似乎就多添了幾根。

「阿健，你想念媽媽嗎？」

「嗯——想念。」

阿健答得勉強。說白了，媽媽不在家，他就有如脫韁野馬，可以自由自在地看漫畫，利多於弊。

「我也很想念她。」爸爸唏噓不已。

談。

這千真萬確。每天晚上，阿健都看到爸爸撥電話到外婆家，用懇求的聲調跟媽媽長談。

多半的時間都是爸爸在講話。連續講了一個禮拜，他嗓子都講啞掉了。

「爸爸還因此在電話裡被外婆訓了一頓呢，真是丟人現眼。結婚的時候，說好要照顧她女兒一輩子的——」

爸爸仰頭陷入了回憶。阿健敷衍道：

「喔喔。」

「阿健，你應該知道，媽媽她上個禮拜是抱著什麼樣的心情一走了之，回到外婆家的吧？」

「知道啊，生氣的心情。」

「生氣之外，她更傷心。」爸爸說：「我們父子兩個，唉，都傷了她的心了。」

阿健低頭看著手錶：

「喔。」

「所以我們不能再讓她傷心了，對不對？」

「對。」

「媽媽是為了什麼原因而傷心，你還記得嗎？」

「——記得。」

「是什麼原因呢？」
「——不好講。」
「什麼不好講？講出來！」
「是因為——漫畫書。」
「媽媽不喜歡我買漫畫書給你，對不對？」
「嗯。」
「媽媽也不喜歡你看漫畫書，對不對？」
「嗯。」
「她說看漫畫的壞處多多，對不對？」
「可是，看漫畫也有很多好處啊！」
「有什麼好處？你說說看。」
「可以增長見聞、豐富知識，還可以刺激兒童的想像力！」
「伶牙俐齒的傢伙。你這麼說，也是不無道理啦。」
「看吧。媽媽她因為沒在看漫畫，所以她不能感同身受啦！」
「不過總歸而言，看漫畫的壞處，還是多於好處。」
「爸爸，你怎麼被媽媽洗腦了呢？這樣不行的啦。」
「這不是洗腦。媽媽說得沒有錯，太過沉迷於漫畫書，對你的功課與健康都有妨害。」

「——」

「你明年就要上國中了。國中的課業，可是很繁重的。你看以前住在我們家樓下的周哥哥就是非常用功，才能考上公立高中的第一志願——」

「周哥哥是靠看漫畫考上第一志願的！」

「胡說。」

「我沒有胡說，我每次去找他，他都在看漫畫！」

「那是你去找他的時候。你不在的時候，他可是拚功課拚得兇呢！」

「哪有啊？」

「周媽媽都有跟我說呢。」

「是喔？」

「她說她兒子每天都在熬夜唸書呢。」

「那麼猛喔？」

「所以囉，媽媽堅持的並沒有錯。你是爸爸的兒子，也是媽媽的兒子；不只要聽爸爸的話，也要把媽媽的話謹記在心。」

「我沒有不聽媽媽的話啊。」

「所幸，精誠所至、金石為開。我苦苦勸了她一個禮拜，昨天晚上，她終於在電話裡改變心意，願意回來了。」

爸爸的新消息雖然不夠青天霹靂，也夠讓阿健愁眉不展的了。

「媽媽要回來了喔？」

「是啊，她今天在外婆家吃完中飯後就會動身。」爸爸看了看牆上的鐘：「預計三點多，她就可以到家了。」

「那麼快喔？」

「她說要趕回來幫你過生日。」

「我生日是明天，她可以不用那麼趕——」

「阿健！你不想趕快看到媽媽嗎？」

「我？我當然想囉——」

「你不希望媽媽早點回來嗎？」

「那怎麼可能呢？」

「媽媽就要回來了，你高興嗎？」

「興奮極了——」阿健偷偷翻了個白眼。

好景不常。此後，在家看漫畫又要偷偷摸摸的了——

「然而，媽媽願意回來，是有條件的。」

回自己的家還要談條件？她怎麼那麼愛斤斤計較啊？

「媽媽開出的條件就是——」爸爸一個字一個字地說：「嚴、禁、你、再、看、漫、畫！」

「什麼？」

「嚴禁你再看漫畫！」

爸爸複述道。阿健無法置信：

「我有沒有聽錯？這是什麼條件啊？她愛回來不回來，幹嘛動我漫畫書的歪腦筋啊？」

「你說這什麼話？媽媽她也是為了你好啊！」

「不准我看漫畫，還叫為我好？」

爸爸兩手一攤：「我已經答應媽媽的條件了。」

「你怎麼那麼糊塗啊？」

「糊塗？如果要你在自己的太太與你那些漫畫書之間做選擇，你會選擇你那些漫畫書是嗎？」

「——」

「你寧願拋棄自己的太太，也要維護看漫畫的權利嗎？這種事你做得出來，我可做不出來。」

爸爸的用字，從來沒有這麼重過。

「再說，為了全心準備高中聯考，這也是必要的犧牲。」

「高中聯考？那是三年後，不，四年後的事咧！」

「未雨綢繆，你沒聽過嗎？不能輸在起跑點上啊！」

爸爸的立場強硬，不容阿健討價還價。

不要緊。道高一尺，魔高一丈。你們嚴禁你們的，山人自有妙計。趁著半夜起床，在棉被裡開個小燈偷看漫畫，這種事阿健幹多了——

再者，把漫畫書藏在自己用外衣褲掩住的腰際，佯裝去廁所上大號，實則看漫畫看到飽，再沖個空馬桶交差了事。這整套步驟，阿健也熟練得很哩——

不然，帶漫畫書去學校看也成。總而言之，辦法多得是啦！

「那你們要怎樣嚴禁我看漫畫呢？」

面對阿健的試探虛實，爸爸也不避諱。

「當然是要沒收掉你的漫畫書。」

這可想而知。阿健心裡有數，聽了並不意外。

「不過，爸爸也清楚，我們這區區二十幾坪的家，不論將漫畫書沒收到哪裡，都有辦法被你找出來。」

你知道就好，算你上道。

阿健老神在在地斜視著爸爸眼角的魚尾紋。

「因此，我想到了一個一勞永逸的做法。」爸爸皮笑肉不笑地說。
「請說。」
「就是把你的漫畫書清理掉，眼不見為淨。」
阿健心頭一凜。爸爸接著道出的事實，更教他咋舌不已。
「中午，就在你回家之前，我已經將你床墊底下的漫畫書，統統賣給收破爛的歐巴桑了。」
「你說什麼？」
爸爸的話猶如五雷轟頂。阿健的臉色發青，嘴唇泛白。
「你那些漫畫書有好幾百本吧？還真不是普通的重呢，搬得我腰痠背痛——」
在這個節骨眼上，爸爸還有閒情逸致講出這種風涼話來。
「你把我的漫畫書賣掉了？」
就這麼七個字，讓上下排牙齒劇烈打顫著的阿健一再咬到舌頭。
他把視焦凝聚在爸爸那兩片長有黑痣的薄嘴唇上，想像從嘴唇吐出的回覆能令他如釋重負，讓這一切只是虛驚一場：
「你好傻，還信以為真啊？爸爸怎麼可能會那樣做呢？」
或是這一句也行：

「哈哈，爸爸是跟你鬧著玩的啦！」

然而，天不從人願，爸爸沒有照著完美的劇本走。

「是啊，都賣掉了啊。」

爸爸的薄嘴唇無情地說。阿健尖叫道：

「我不信！」

他再也坐不住，朝自己的房間飛奔而去。眼見床鋪的高度比往常矮了半尺，他的心也隨之涼了半截。

他蠻橫地挪開床墊。床墊在房間牆壁上來回擦撞時，發出刺耳的噪音。

床墊的底下空空如也。

「怎麼會——」

他搜尋了五層書櫃、書桌抽屜與衣櫥，又去爸媽的主臥室裡翻箱倒櫃。到後來，連廚房、廁所、後陽臺與儲藏間的每一個角落與縫隙，他都找遍了。

一無所獲。

沒有了，他的漫畫書全都沒有了。他跌坐在客廳的地上呆若木雞，無語問蒼天。

且慢，事情可能還沒有絕望。

「那個收破爛的歐巴桑呢？」

「歐巴桑？」

「她現在人在哪裡？我要去把我的漫畫書追回來！」

阿健氣喘吁吁地問爸爸。值此關頭，爸爸還狠心落井下石：

「她已經騎上三輪車，走了兩個鐘頭了，現在早就不知道騎到哪裡去啦。你就算出去追，也找不到她的，死了這條心吧！」

「兩個鐘頭？」

沒救了，真的沒救了。斗大的淚珠，從阿健的眼眶滑落。

我的漫畫書啊——

他沒有意識到自己在地上坐了多久，也沒有意識到屋外的門鈴放聲大作了多久。

接在開門鎖聲後的，是爸爸洪亮的聲音：

「你一定就是阿健的同學許——許同學吧。」

「方伯伯好。」

阿健淚眼汪汪地向玄關望去，爸爸正接待著站在大門外的許肥。這肥豬早不來、晚不來地——

「歡迎歡迎，請進。」

許肥在爸爸的協助下拖著兩個大皮箱進屋。穿著便服的他，看上去比穿制服時更油光滿面。

「許同學，這皮箱裡塞的都是你的漫畫書吧？」爸爸幫許肥遞拖鞋時問道。

「你怎麼知道?方伯伯，你有透視眼啊？」

「阿健都跟我說過了。」

「比漫畫書的事嗎？」

「是啊。不過，你恐怕要不戰而勝了。」

「真的嗎？」許肥喜孜孜地問：「為什麼呢？」

「因為啊，阿健的漫畫書都已經被我賣給收破爛的了。」

許肥的瞳孔閃爍著異樣的光芒。

「都賣光了嗎？」

爸爸點頭道：

「賣光光了，一本都不剩了！」

「萬歲！方伯伯英明！」

許肥歡呼完後，朝著坐在地上淚流不止的阿健，投下了輕蔑的一瞥。

這一瞥讓阿健錐心刺痛，也讓他對爸爸的憎恨，滲透到他體內的每一個細胞裡去。

「許同學，要吃點什麼水果嗎?柳丁好不好？」

第十四章

研討室內的小組報告討論會散會後，正要追隨組員們作鳥獸散的盧俊彥走到門口，硬生生被身後的羅曉芝叫住。

「你們對門鄰居的那件案子，兇手被逮到了嗎？」

盧俊彥縮回他已邁出門外的前腳，咳聲嘆氣。

「就知道妳會問我這個問題。兇手是還沒被逮到，但我是被妳逮到了。」

「別這麼見外嘛。」

「案發已經半個多月了，媒體上也報導了不少。妳有興趣的話，可以自己去看啊。」

「哎呀，看那些鬼報導，哪裡比得上向你這個當事人求證來得準啊？」

「我可不是當事人啊，我跟這件案子一點瓜葛都沒有。」

「你不是目擊證人嗎？」

「才不是呢。我見到方先生的時候，他已經死了好不好？」

「你起碼算是個報案人吧，與這件案子總有擦到一點邊。而且，案發現場離你的住處那麼近。」

她會關心這個案件一點都不唐突。精力旺盛地管東管西，就是她平素的作風。

盧俊彥返身坐回研討室的座位，把肩上的背包推到研討桌上。

「小組報告已經夠讓我頭大了，還要分神滿足妳這個好奇寶寶。」

「誰教你得天獨厚，掌握了第一手的消息。」

「妳過獎了，我哪有什麼第一手的消息啊？」

對坐的羅曉芝摘下鼻梁上的眼鏡，用面紙擦拭後再戴回去。她那眼珠與眼白黑白分明的雙目，透過潔淨的鏡片直視盧俊彥。

盧俊彥常常覺得，自己被她這樣的目光給看穿看透。

羅曉芝邊把頭上的髮帶解掉重綁，邊藉由盧俊彥的對答，逐步深入案件的核心。

「我們先從兇器開始吧。」

羅曉芝講到「兇器」這兩個字時，情緒完全沒有起伏，彷彿兇器就像是她的生活日用品一樣稀鬆平常。

真不知道她腦子裡裝的都是些什麼名堂。

「兇器是水果刀，沒錯吧？」

「沒錯。」

「死因呢？」

「因刺傷而失血過多。」
「傷口是在？」
盧俊彥把右手繞到自己的腰部後方比了比。
「後腰處啊——是偏右邊還是偏左邊？」
「偏右邊。」
「就這一處傷口嗎？」
「就這一處。」
「你知道方先生是左撇子，還是右撇子嗎？」
「據他太太說，是右撇子。」
「這麼看來，方先生會不會是自殺的呢？」
「就統計數字而言，一般人用刀自殺，多會刺向自己身體的正面，很少會從背面的後腰處下手吧？」盧俊彥引述警方的鑑識報告書說。
「好像是。」
「況且，自己要獨力完成那樣的動作，不太符合人體工學不說，刺的力道也強不到哪裡去。而方先生後腰處的水果刀，可是連整個刀刃都刺進體內了。」
「所以不會是自殺囉？」
「可能性微乎其微。」

「那麼，警方從刀柄上採集到的指紋呢？」

「有方先生自己的指紋，也有那位『許肥』許家育的指紋。」

「只有他們兩個的嗎？沒有方小弟弟的嗎？」

「沒有。」

「死亡時間呢？」

「妳說話的口吻可以不要那麼像警察嗎？」盧俊彥拱手作求饒狀：「我是妳的同學，不是被妳審問的嫌犯啊！」

「好啦。你可以告訴我方先生的死亡時間嗎？」

「大致上是下午兩點半到三點之間。」

「兩點半到三點——」羅曉芝歪了歪頭：「那麼，各關係人在這段時間內的行蹤，都已經被警方掌握到了嗎？」

「是的。」

「當天下午，方先生可曾外出過？」

「沒有。從中午十二點多到他身亡為止，他都在家裡。」

「那麼方太太呢？」

「她在娘家待了一個禮拜，直到當天的下午三點半鐘，才回到家來。」

「就是被你出門撞見的那時候嗎？」

「沒錯。」
羅曉芝將左右手的十根手指頭在研討桌上交互握住。她個頭雖嬌小，手指卻很修長。
「有沒有可能，她在被你撞見的下午三點半之前，曾經先偷偷溜回家過呢？」
「然後再跑出家門，三點半時再回一次家嗎？」
「是啊，有沒有可能呢？」
盧俊彥想了想，搖搖手道：
「警方清查過她的行蹤了，沒有發生妳說的這種情況。」
「所以，她先生不可能是她殺的囉？」
「可能性微乎其微。」
羅曉芝蹙緊眉頭，左手把玩著繫在右手腕上的金手鍊。
「那麼，許家育呢？他是案發當天，唯一造訪過方家的外人，對吧？」
「沒錯。」
「他是幾點鐘到方家的？幾點鐘離開？」
「他說他下午兩點左右到方家，是方先生請他進門的；待了半個鐘頭後，他就走了。」
「所以他是兩點半離開方家的囉？這一點，方小弟弟能作證嗎？」

「不能。方小弟弟是一個對任何時刻都沒什麼概念的小孩。」
「你們那棟公寓的住戶中，有人當天有目擊到許家育嗎？」
「都沒有。」
「這樣說來，許家育自稱他離開方家的時間，與方先生死亡的時間是有所銜接的囉？」
「沒錯。」
「而且，水果刀的刀柄上也留有他的指紋，對吧？」
「是的。」
「關於指紋的事，他怎麼說？」
「他說是他在方家客廳切柳丁時留下的。」
「他只有拿來切柳丁嗎？沒有拿來刺殺方先生？」
「行兇的部分，他矢口否認到底。」
羅曉芝起了身，在研討室內來回踱步。
「而方小弟弟的行蹤呢？」
「他跟他爸爸一樣待在家裡，當天下午也不曾外出過。」
「你跟方太太發現方先生的屍體時，方小弟弟是被方先生鎖在他房間裡的是吧？」

「沒錯。而且門鎖只能從外面打開，無法從裡面打開。」
「也就是說，被關在房間內的方小弟弟是沒有辦法自己開鎖出去的，對吧？」
「沒錯。」
「房門的鑰匙有幾副？」
「方先生與方太太各有一副。方先生的那副，案發後在他所穿的短褲口袋裡被尋獲，上面只留有他的指紋。」
「除了房門之外，方小弟弟的房間內沒有其他的出口嗎？」
「只有一扇窗。」
「而窗戶也早已被封死了。」
「沒錯。」
「為什麼要把窗戶封死呢？不怕空氣不流通嗎？不怕萬一發生火災嗎？」
「這妳得去問方太太了。」
「方小弟弟是什麼時候被鎖在房間裡的？」
「他對正確的時刻沒有印象，只說是在許家育走了之後。」
「新聞報導有提到，是方先生把他鎖進房間裡的吧？好像是父子倆一時意見不合，方先生才出此下策。」
「沒錯。」

「他們是為了什麼事情意見不合呢？」
「這部分，方小弟弟也是語焉不詳。」
「方家夫婦沒有別的小孩了嗎？」
「沒有了，方小弟弟是他們的獨生子。」
「方家的門戶，有沒有被人入侵的跡象呢？」
「妳懷疑方先生是被小偷、強盜之流殺害的嗎？警方檢視過現場後，已排除這種可能。」
羅曉芝停下腳上帆布球鞋的步伐，拍了拍牛仔褲上的屑塵後說：
「案發時，方太太在回家的路上，有不在場證明；方小弟弟被鎖在形同密室的房間內，也有不在場證明——」
「沒錯。」
「用消去法這樣推敲下來，似乎就屬許家育的嫌疑最大。」羅曉芝沉吟道：「真相會不會是這樣呢？當天下午兩點半鐘，許家育離開方家後，方氏父子發生了不愉快，方先生將方小弟弟反鎖在房內，接著許家育又折回方家去，持手果刀刺殺了方先生。」
「妳好會想啊！」
「你覺得如何？」
「似乎，也只有這樣解釋了——」

「不僅如此，水果刀柄上的指紋證據，也顯示了許家育犯案的可能性。」
「沒錯。」
「那警方還在等什麼呢？」
羅曉芝這麼抱怨後的第三天，許家育就被警方拘提到案了。
盧俊彥原以為事情可以就此告一段落，不料雞婆的羅曉芝非要盧俊彥陪她去方家走一遭不可。
「去完之後，我就不再煩你了，好不好？」
她話說得大剌剌地，一點也不像是在請託人家的樣子。不好也不行。週日下午，盧俊彥騎機車去羅家載她。回程時，羅曉芝還在後座叨叨不休。
「你昨天有看電視新聞嗎？」她問盧俊彥。
「有看啊，怎麼了嗎？」
「許家育在記者的鏡頭前涕泗縱橫，堅稱他是無辜的。」
羅曉芝的娃娃音中，混雜著馬路上迎風的呼嘯聲。
「拜託！哪一個殺人犯被抓到時，不是這麼說的？」
「可是，許家育的臉不像是在撒謊的樣子。」

「大小姐，妳太涉世未深了，這樣就被他騙倒啦？」
「我總覺得另有蹊蹺——」
「哎唷，方先生不是被他殺的，還會是被誰殺的？」
盧俊彥騎車回到住處時，樓下並排停了一輛小貨車。搬著粗重家具的工人們，在公寓的樓梯間上上下下。
盧俊彥與羅曉芝側身上樓，發現工人們出入的不是別家，正是方家。
「我們要搬家了。」
方太太在只剩下一排深褐色布沙發的客廳裡，泡著烏龍茶葉招待盧俊彥與羅曉芝。
半個多月前她先生俯臥過的拼花地板上已不見血漬，而是來來去去的工人所踏下的骯髒鞋印。
少了茶几，方太太就將茶壺順手擺在地上。盧俊彥與羅曉芝啜了一口烏龍茶後，也將各自的茶杯有樣學樣。
「這間屋子是妳的傷心地。換作是我的話，也會這麼做的。」
盧俊彥說。羅曉芝從來沒有見識過，他有這麼世故的一面。
方太太撥了撥頭上的波浪鬈髮，再揉搓肉肉的鼻頭與細長的眼睛，臉上流露出未亡人的哀傷。

「那天真是麻煩你了。要不是你及時報警，我一個人真不知道該怎麼辦才好。」她說。

「別這麼說、別這麼說。」盧俊彥謙讓道。

「這位是你的女朋友吧？長得很可愛呢。」

盧俊彥正要澄清說「她是我同學，不是我女朋友」時，羅曉芝卻接口道：

「謝謝誇獎。」

然後對盧俊彥眨了眨齊眉劉海下的圓眼睛。

盧俊彥並未因此而飄飄然。他相信羅曉芝這麼說，只是一種打蛇隨棍上的戰術而已。

果然，接著她就對方太太做出義憤填膺的樣子，說：

「我們都很同情妳先生的遭遇。」

「——」

「幸好法網恢恢，疏而不漏。」

「兇手是被逮到了沒錯，可是還不肯俯首認罪呢。」方太太嘆息道。

「許家育認罪應該是遲早的事，那就讓警察們去頭痛吧。」

「他為什麼？為什麼要做出這種事來？我實在是百思不得其解。」

方太太苦著臉說。羅曉芝故作驚訝狀：
「方太太，連妳也不知道許家育行兇的動機嗎？」
方太太的頭搖個不停。
「他跟妳先生以前有什麼深仇大恨呢？」
「我一無所知。」
「這個問題，警方也約談過多名許家育的小學同學，同樣問不出個所以然來。」
「這好像也只能去問許家育本人了。」
「但是他——」
好死不死地，工人們與他們身上刺鼻的汗臭味，打斷了羅曉芝與方太太的談話。
「太太，輪到妳兒子的房間了。」領頭的工人說。
「好，你們等一下，我去叫我兒子出來。」方太太交辦工人們道：「你們只要搬走他房間裡的家具就好，至於其他東西，就幫我全部丟掉。」
「全部丟掉嗎？」
「全部丟掉，一樣都不要搬到新家去。」
盧俊彥從方太太這番話裡，感受到她要與過去一刀兩斷、開展人生新局的決心。
她步向兒子的房間時，羅曉芝也跟在她屁股後面，大大方方地走了進去。
盧俊彥直為他這位女同學的厚顏大膽而傻眼。

約莫半分鐘後，羅曉芝率先回到客廳，對盧俊彥講起悄悄話：

「方小弟弟房間裡的情形就跟你說的一樣，門上設有重重枷鎖，窗戶也是被封死的呢。」

「眼見為憑吧？」

當女主人母子出現在客廳時，羅曉芝仔細端詳依偎著母親的方小弟弟。

方小弟弟的膚色白皙，體態比同齡者發福，肢體笨拙而不協調。他在鼻翼兩側，生了一對與他母親一樣細長的眼睛。

並不是個長得討喜的小孩。

「這位是盧哥哥、這位是羅姊姊。」

母子在沙發上齊身坐下後，方太太向兒子引介道。方小弟弟忸怩地死盯兩位來客，不發一語。

盧俊彥講了個笑話打著圓場；羅曉芝則橫下了心，就方小弟弟房間裡的門鎖與窗戶等事，求教於方太太。

「一言難盡。然而，事已至此，也沒有什麼好隱瞞的了。」

方太太再為盧俊彥與羅曉芝倒茶後，以她與她先生的甜蜜婚禮開始，細說從頭。

講到中段時，故事的走向逐漸曲折了起來。方太太儘可能地詳述，不放過任何一個細節。

不合常理的發展如雨後春筍般接連冒出，離奇而不可解的謎團也愈來愈多。盧俊彥與羅曉芝壓抑住提問的衝動，凝神聆聽。

不斷埋著伏筆的方太太，終於在故事的結尾說破，將真相揭曉，讓盧俊彥與羅曉芝只有瞠目結舌的份。

「這下子，你們明白我兒子房間裡的門鎖與窗戶是怎麼一回事了吧？」

「都明白了。」

盧、羅兩人齊聲說。

羅曉芝對盧俊彥擠了擠眼，盧俊彥遂向方太太告辭道：

「非常謝謝妳的款待。時候不早了，我們也該走了。」

主客雙方客套來客套去後，方太太對兒子說：

「今天是我們住在這裡的最後一天，跟盧哥哥、羅姊姊珍重再見喔，後會有期。」

盧、羅兩人並未從方小弟弟的回應中獲得溫暖，反而在他冷峻的逼視下，雙雙打了個寒顫。

「聽了方太太所講的故事後，妳的想法，會不會跟我的想法不謀而合？」

回到方家對門的住處時，盧俊彥劈頭就問羅曉芝。

羅曉芝盤腿坐在盧俊彥房間裡的地墊上，用手將長髮挽在頭頂。盧俊彥繼續說道：

「殺害方先生的兇手只怕不是許家育，而是——」

「方小弟弟。」羅曉芝放下長髮，幫盧俊彥說出答案。

「沒錯。」

「可是，被反鎖在房間裡的方小弟弟，要怎麼用水果刀對在房間外的方先生下手呢？」

「——」

「這你倒是說說看啊。」

羅曉芝撂下話後，等著看盧俊彥出洋相。

「只有一種可能。」盧俊彥說著，也在地墊上坐了下來。

「哦？」

「就是方小弟弟在被方先生反鎖前，已經先動手殺了方先生。」

此言一出，讓羅曉芝忍俊不住。

「你的意思是，方小弟弟是被氣絕身亡的方先生反鎖在房間裡的？死人可以反鎖活人？你是不是殭屍片看太多了啊？」

「如果我說，方先生在反鎖方小弟弟時還不是死人，而是個瀕死之人，這樣是不是比較能說服妳呢？」

羅曉芝怔了怔：

「瀕死之人？」

「就是快要死掉，但還沒死的人。」

「你的葫蘆裡頭，到底在賣些什麼藥啊？」

「你聽聽看我的推理吧。」

「有話快說！」

「案發當天的下午兩點半，許家育離開方家後，方氏父子就發生了爭執。」盧俊彥口述他在腦海中模擬的景象：「彼此相持不下時，也許方先生剛好背過兒子去收拾茶几上的水果盤，右掌握起了水果刀——」

「然後呢？」羅曉芝閉目想像著。

「方小弟弟見機不可失，便乘勢從後面抓住方先生的右掌——」

「哦？」

「方小弟弟再反身一扭，抓著方先生的右掌，將水果刀刺入方先生的後腰處。」

羅曉芝張開了眼睛：

「也就是說，方先生是在受制於方小弟弟的情況下，被自己握住的水果刀刺死的？」

「沒錯。從頭到尾，握住水果刀的都是方先生自己；但是操控水果刀刺入的方向與力道的，卻是抓住了方先生右掌的方小弟弟。」

「而從頭到尾，方小弟弟的手都沒有碰到過水果刀。這就是他沒有在刀柄上留下指紋的原因吧？」

「沒錯。」

「你還沒說完哩。接下去呢？」

「後腰處被刺的方先生劇痛難當。盛怒之下，他把方小弟弟推回房間，拖著虛弱的身軀將房門反鎖。」

「說得好像你就在現場似的。」

「鎖好之後，方先生氣力放盡，倒臥在客廳裡，嚥下了最後一口氣。」

「跟著三點半鐘，方太太就回到家來了是嗎？」

「是的。怎麼樣？說得通吧？」

羅曉芝在盧俊彥的近視眼鏡前左右搖著手指頭：

「你這番推理缺少物證。即使說服得了我，也很難說服警方。」

「我們或許可以從承辦檢察官那邊碰碰運氣。說不準，人家就採信了呢？」

「那就盡人事聽天命吧。可是，我還有一事不解。」

「什麼事？」

「為什麼你非一口咬定，真兇不會是許家育，而是方小弟弟呢？」

「為什麼？因為許家育犯案的動機，遠遠不如方小弟弟。」

「方小弟弟犯案的動機何在？」

「動機何在？我還以為妳也猜出來了呢。」盧俊彥雙手捧起他左分髮型下的大餅臉，不可置信：「聽了方太太所講的故事後，方小弟弟弒父的動機，不是已經呼之欲出了嗎？」

第十五章

這段發生在阿健十二歲生日前夕的插曲，就此譜下了休止符。

但是，插曲的後續效應，在阿健的心靈深層埋下巨大的陰影，從不曾雲淡風輕。這使得他的後半生悵然若失，如同缺了魂魄的行屍走肉，做起什麼事來，都窒礙難行。

譬如說，即使以一夕間散盡所有漫畫書的代價，勻出了許多讀正課書的時間，他小學畢業後也未能如雙親所願，因而贏得什麼考運之神的眷顧。

攤開他國中三年的智育成績，一年遜於一年，只有「節節敗退」四個字可以形容。到了國三下學期，平均分數甚至已掉到個位數字，慘不忍睹。

進入專攻美術設計的職業學校就讀後，三年下來，他所學到的專業知識與技能，同樣也是有一搭沒一搭的。

更糟的是，他又不像其他成績差的同學一樣，能在多采多姿的社交圈裡找回自信，進而扳回一城。當別人都能在男女關係中左右逢源、周旋得得心應手時，他主動出擊失利換被動出擊、積極出擊失利換消極出擊；這一個約不到換約下一個、下一個約不到換約下下一個。

換來換去，最後卻換得一場空。

也不曉得是在哪處環節裡出了錯。異性就彷彿是一道難以征服的高牆，讓他屢戰屢敗。

因此，青春期的學業與愛情兩大學分，他都繳了白卷。

混到了文憑，也服完兩年兵役後，阿健進入一家廣告公司，從事插畫與平面設計的工作。

在那廣告業方興未艾的年代，即使能力平平如他，倒也有機會駛得萬年船。惜哉他個性古怪，難以與人共處。往後十年間，他年年在跳槽。業界所有具指標性的廣告公司，他全待過一輪。

惡名昭彰的他，也把同業都得罪光了。

三十歲起，他相親、結婚、在中和老家一帶購屋、生子，並轉進其他產業的行銷部門，延續他的浪人生涯。

從製造業到餐飲業、從餐飲業到半導體業、從半導體業到電子媒體業。最後，他一腳涉足了從沒想過會涉足的學術業。

不變的是他的格格不入與適應不良。某天上午，他在某個公開的學術場合裡，巧遇了兒時的樓下鄰居。

「周哥哥！是我，阿健啊！」

時光荏苒，周哥哥已經不再只是周哥哥，也是在心理諮商與治療領域裡小有名氣的周博士了。

較之二十多年前溫文清瘦的高中時期，四十開外的他有眼袋、有禿頭、有白髮，也有臃腫的腰圍。凡是歲月的無情刻痕，他樣樣不少。

闊別良久，兩人熱烈地攀談著。

中午，他們前往學術場合外的一家咖啡廳裡點了簡餐敘舊。阿健持續上午的話題，數落著他顛沛的人生。

周哥哥將叉子放在裝海鮮焗烤飯的瓷碗內，插話道：

「可是，你自己有沒有想過，問題的癥結點為何？」

阿健俯看著只被他動了一口的雞肉奶油筆管麵。

「說出來怕你見笑。」

「我不會笑你的，請說。」

阿健抬起眼皮，只說了兩個字：

「空虛。」

「空虛？這是很多人的通病。」周哥哥說。

「除了空虛之外，我真的找不到更合適的字眼了。」阿健說。

「我瞭解。」

「這二十年來，我覺得自己是在身、心、靈被掏空挖盡之下，苟延殘喘著。」

「有這麼悽慘？你能否精確指出，從你的身、心、靈裡被掏空挖盡的，都是些什麼東西嗎？」

「童年。」

「童年？你失去了童年的記憶嗎？」

「不是。我的童年記憶還在，否則我也認不出你啦！」

「呵呵。」

「我所失去的，是整個童年。」阿健認真地說。

「不可能吧。」周哥哥將雙手交抱在胸前：「你的童年過得很意氣風發不是嗎？每天都無憂無慮地在看漫畫不說，在學校裡還享有『漫畫大王』的封號，這一點我最清楚了。」

「問題，就出在漫畫上。」

周哥哥手撐著腦袋想了片刻。

「你說的是在你十二歲生日前一天，你爸爸將你所有的漫畫書都賣給收破爛的這件事嗎？」

「對，就是這件事；這就是問題所在。」

「我上午不是也跟你說過了？我那些漫畫書，也在我出國唸書後，被我母親清空了。」

「我知道。你都不心痛嗎？」

「還好啦。」

「你這麼看得開？」

「畢竟，漫畫書是給小孩子看的。我那時候，已經長大成人了。」

阿健高八度地說：「而我在失去漫畫書的時候，仍是一個小孩子呢！」

「對小孩子來說，那的確是個沉重的打擊。」

「而且，那天我一點心理準備都沒有。」事隔多年，阿健提及時還是眼眶泛淚，情緒不能自已：「就在我要跟許肥一決雌雄的時候，就在我最需要那些漫畫書的時候，我爸爸他徹底背叛了我！」

「你的麵要冷了，吃一點吧。」

「你知道許肥那天來我家的時候，是怎麼嘲笑我、怎麼羞辱我的嗎？」

「那些話我可想而知，你就不必再重複了。」

「好吧，而我爸爸呢，居然還跟許肥一個鼻孔出氣。也不想想他是我爸爸，還是許肥的爸爸？我是他兒子，還是許肥是他兒子？」

「言重了、言重了──」

「如同漫畫大王這個封號所代表的意義，漫畫書就是我童年的一切；我的童年，就等於『漫畫』二字。」

「你非要把你的童年，界定得這麼狹隘嗎？」

「追本溯源起來，失去漫畫書這件事就好像是撞球的母球，或是第一張骨牌一樣，讓我的後半生應聲而倒，從此一蹶不振。」

「是嗎？」

「我沒有了漫畫書，就視同沒有了童年。沒有童年作地基，我的人生，只能步向崩塌與毀滅。」

「轉個念，你會更好過些。」

「講到轉念，你猜猜看，那天當我爸爸送走許肥之後，我心裡面唯一的念頭是什麼嗎？」

「是什麼呢？」

「殺了我爸爸！」

阿健語出驚人。周哥哥低頭調整他胸前的領帶後，面不改色地回答：

「你要再不吃麵的話，我就不跟你坐下去了。」

飽足感發揮了鎮定的效果。

有整盤筆管麵下肚，阿健波動的情緒稍獲平復。

讀書與做研究一向按部就班的周哥哥，這才咳清喉間的痰，打開天窗說亮話道：

「阿健，你聽過一個專有名詞，叫作PTSD嗎？」

阿健傻笑著。

「那叫P什麼D的，我怎麼可能聽過呢？是什麼東西？」

「PTSD，是『創傷後壓力症候群』（Posttraumatic Stress Disorder）的英文縮寫字母。」

阿健聳肩再聳肩：

「你所說的，我一個字都聽不懂。」

「別氣餒。」周哥哥如同親臨課堂般講解道：「簡單地說，創傷後壓力症候群就是當人直接經歷到生命中的創傷時，所產生的恐懼、無助與失控的反應。」

「何謂創傷呢？」

「問得好。舉例來說，經歷天然災害，就是一種創傷。」

「天然災害？」

「就像是颱風啦、地震啦，或是國外的龍捲風之類的。此外，搭乘飛機、船舶、汽車等交通工具而遭遇到的意外，以及身受工廠、核能電廠發生的工安災害，這些人為事故，也是常見的創傷類型。」

「你這樣舉例，我就有點懂了。」

「實務上，從戰爭與犯罪事件中歷劫歸來的創傷類型也不在少數，比如曾被軍人或罪犯用槍指著頭或開槍射傷、用刀抵住脖子或遭刀割傷，乃至於被綁架、虐待、強暴……等等。」

「都是些很令人髮指的罪行啊！」

「即使不是直接經歷，而是間接目擊到他人有上述際遇，也可能形成創傷。」

「這樣的話，豈不是人人或多或少，都會和創傷沾上點邊？」

「至於創傷後的壓力症狀，要不就是想起創傷時會有大幅的生理與心理反應，從而逃避相關的人、時、地；要不就是對一般的人與事物有疏離感而喪失接觸的興趣，並對未來感到悲觀，而出現不易入眠與易怒等警覺性。」周哥哥啜了一口附餐的卡布其諾後，說道：「我拉拉雜雜說了這麼多，你有沒有似曾相識的感覺？」

「啊？」

「這些症狀，跟你這二十年來的困擾，應該有頗多雷同之處吧？」

「你引經據典兜了這麼一大圈，就是為了叫作什麼？『請君入甕』，好讓我對號入座嗎？」

「你不妨先拋下成見，回答我幾個問題。」

「儘管放馬過來！」

「第一，你想起二十年前痛失漫畫書的那一刻時，情緒是不是會有過當的波動？」

「──」

「你是不是對工作沒什麼熱忱，也沒什麼動力去與人來往，並絕少感知到快樂與被愛呢？」

「──」

「這二十年來，你自問是不是個集逃避、麻木與警覺性於一身的人呢？」

「──」

「失去漫畫書這件事，是糾結你後半生的創傷。這一點你同意嗎？」

形勢比人強，阿健的嘴也硬不起來了。

他想請服務生來加水，藉以緩解自己的侷促不安。但是，這家咖啡廳裡的服務生不是躲得遠遠地，就是眼睛不看客人、直視前方地呼嘯而過，對客人出聲的要求充耳不聞。

他只好低聲下氣地對周哥哥屈服道：

「你說的這些，我還真不能否認呢！」

周哥哥氣定神閒地接續著創傷後壓力症候群的課程：

「長期下來，創傷後壓力症候群會伴隨著腦部結構與腦波活動的改變，造成包括憂鬱、焦慮、頭暈、氣喘、胃痛、消化不良、胸悶、濫用藥物、自殘、厭食、暴飲暴食、性濫交、自殺等不計其數的後果。總之，絕不能坐視不理。」

「有什麼治療方法嗎？」

「你問到重點了。可以藉由服用抗憂鬱與焦慮的藥物治療、遊戲互動形式的『遊戲治療』（Play Therapy）、調整信念的『認知治療』（Cognitive Therapy），以及面對創傷的『情境暴露治療』（Exposure Therapy）。」

「還好，是有辦法醫嘛。」如履薄冰的阿健鬆了口氣。

「情境暴露治療有兩種，一種被命名為『想像暴露法』（Imagine Exposure），是經由想像創傷的情境而培養因應創傷的能力；另一種被命名為『現場暴露法』（In Vivo Exposure），比想像暴露法更為激進，是經由重現創傷的情境來因應創傷。」

「重現創傷情境？好玄啊！」

阿健聽得饒有興味。周哥哥拿起餐桌上的湯匙，攪拌著卡布其諾：

「而現場暴露法，就是我的研究專長。」

「哇。」

「阿健你可能不知道，學術圈也是一個階級的社會。」周哥哥語重心長地說：

「講師之上，還有助理教授；助理教授之上，還有副教授；副教授之上，還有教授。」

「那麼周哥哥你——」

「我只差一篇具代表性的論文著作，就有機會升等為教授了。」

「那就寫啊。」

「過去三年，我已經完成了五篇，不，六篇研究報告。」

「那你怎麼還沒有升等為教授呢？」

「有那麼容易就好了。那六篇研究報告，全數被學術期刊審評為『不推薦刊登』，而做了白工。」

雖然不曾體驗過被退稿的滋味，但看了周哥哥那愁雲慘霧的面色，還是讓阿健於心不忍。

「問題是出在哪兒呢？」

「期刊的審查委員直言，我的實驗都是在炒冷飯，複製別人的研究過程，一味地舊調重彈。因此，我必須有所創新，走出自己的路。」周哥哥彷彿藉著對阿健的這番陳述自我期許：「在現場暴露法的研究領域中，我需要的是一個更具企圖心的實驗。比方說，花上五年或十年的時間觀察研究對象，並蒐集研究資料進行分析。這種長時間的『縱貫性研究』（Longitudinal Study），勢在必行。」

「五年、十年？要那麼久喔？」

「我的研究計畫書已經寫妥，也找齊經費來源了。」周哥哥唸出一串政府機關與藥廠的名字，聽得阿健左耳進、右耳出。

「只差你點頭答應，我就可以啟動這項研究了。」

「我？」

「你想不想重現你昔日坐擁漫畫書的榮景，來治療你失去它們的創傷？」

「這就是你所說的現場暴露法嗎？我作夢都在想呢！」阿健說得臉紅脖子粗：「可惜物換星移，現在都已經是民國九十年了。那些二十幾年前的老漫畫書，連在中南部的舊書店裡，都被淘汰得差不多了。」

周哥哥從他腳下黑色的真皮手提包裡，慢悠悠地拿出一臺筆記型電腦，放在桌上。

他向店員問了咖啡廳的網路密碼，嫻熟地操作鍵盤與觸控板後，向阿健拋出了一個風馬牛不相及的問題：

「你平常有在上網嗎？」

「上網？有啊。」

「常常上嗎？」

「每兩、三天會上一次吧，不是很常。」

「你上過拍賣網站嗎？」

「拍什麼？」

「拍賣網站。你上過拍賣網站嗎？」

「沒有。」

「就是這個。」周哥哥將筆記型電腦的螢幕轉向阿健：「拍賣網站上，聚集了建立在網際網路空間裡的虛擬商店。」

「虛擬商店是啥啊？」

「所謂的虛擬商店，就是沒有實體店面的商店。」周哥哥說：「既用不著太多資金來支付店租、水電費以及雇員的人事成本，工作時間也相當彈性。一般人在家裡，只要能連上網際網路，都可以開張這種自有的虛擬商店。」

螢幕上，一區區實物照片搭上文字說明的商品網頁，攫住了阿健的目光。

「所以，周哥哥你在正職之外，也經營這種副業嗎？」

「不是的。你在這網頁的關鍵字欄位裡，隨便輸入一本老漫畫的書名看看。」

阿健依言而行。隨之蹦出的頁面，看得他兩眼發直，下巴都快掉到地上了。

「天啊，拍賣網站上有一狗票販賣老漫畫書的虛擬商店，我以前怎麼都不知道？」

阿健見獵心喜。有了這種虛擬商店，治療漫畫創傷的現場暴露法之路，便現出了曙光。

周哥哥再力邀阿健道：

「怎麼樣？願意參與我的研究計畫嗎？」

阿健狂點著頭。
「不只我個人願意。我還買一送一，附贈我的兒子。」
「你兒子不是才滿週歲嗎？他對這個世界，還懵懂未知呢。」
「這正是讓他參與這項研究計畫的原因所在。你要不要聽聽看我的想法？」
這一會兒，換作周哥哥向阿健不恥下問了：
「願聞其詳。」

「這是一項條件非常優渥的多年期兒童學習計畫。」第二天晚上回到家後，阿健跟太太說的版本是這樣的：「就因為是老鄰居，周哥哥才先徵詢我的意願。人家都展現誠意了，我怎麼好辜負他呢？」
「條件是有多優渥啊？優渥到你都不用上班嗎？」太太顯露出對阿健自作主張辭退工作的不快：「你那位周哥哥每個月可以補貼我們家多少錢呢？」
阿健用手指比出了一個讓太太無可挑剔的數字。
「這麼多？真的有這麼多啊？」
「不騙妳，真的有這麼多。」
「他滿有錢的嘛。」
「不是他有錢，是資助他做研究的單位有錢。」

「都是些什麼單位呢？」

「這妳就甭操心啦。」

「這些單位出手是很大方。可惜啊，還不到讓我想放棄工作的程度。」

「如果妳要繼續上班就請便，一切尊重妳的選擇。」

「就這樣放棄工作，實在太糟蹋我的才能了。」

「不過，對於計畫契約中，規定我們必須配合的事項，妳也得要尊重。」

「你既然已經簽約，那就只能尊重了。」

「妳就當看在補貼金的份上吧。」

「就看在補貼金的份上吧。」

務求保險，阿健再補了一句道：

「哪怕要我們配合的事再強人所難喔？」

「是會有多強人所難啊？」

過了一個禮拜，阿健在住家樓上，租到一個五坪大的工作室。

住家裡足以洩漏所處年代的東西，如能播送即時新聞的電視機、電腦、夫妻倆的手機、日曆、月曆、報紙……等等，都被阿健堆放到工作室裡。

「我的手機都不能帶回家嗎？這樣很不方便呢。」

「請尊重研究計畫的契約規範。」

阿健制式地回答太太。

他把郵遞地址從住家改為工作室。這樣，就不會有郵差、推銷員、宅配業者、送貨小弟等外人來住家打擾，壞了他的好事。

白天，太太出去上班，他在住家當奶爸照顧兒子。晚上太太回家，他就到工作室去，守在電腦前面，比照小時候在書局、文具行、公車票亭、書報攤與雜貨舖掃街的卓絕毅力，上窮碧落下黃泉地，搜尋刊登在拍賣網站上的老漫畫書商品。

被他看上眼的每件標的物，他都勢在必得。不過，想得到這些老漫畫書，少部分可以直接購買，大部分得用競標的。

如果是有設定直購價的商品，他就二說不說地按紐結帳。

如果是有設定結標時間會自動延長的商品，他就會與交互出價的競爭者纏鬥到天荒地老。

如果是有設定結標時間不會自動延長的商品，他就會下載一個「倒數計時器」的程式，算準商品結標前的末幾秒，選擇「自動出價」功能，然後輸入一個競爭者無從超越的天文數字。

他絕不認輸、堅不妥協、誓不退讓。無論商品的起標價有多離譜、結標價有多誇張，俱不在他的考慮範圍。

為了成功得手，巧取豪奪，在所不辭。漫畫大王週刊、鐵霸王、無敵鐵金剛、大魔神、閃電鐵人、超級鐵人、宇宙鬥士……

他就這樣在網拍界裡孜孜不倦地廝殺了四、五年。一本本過去常伴他左右的老漫畫書，照著他留給賣家的地址，彷彿穿越時空隧道似的，郵寄到他的工作室去，鎖在成排的保險櫃裡。

經過二十幾年的歲月，這些破損而有污漬的老漫畫書，在阿健的心中絲毫無損其價值。

到了計畫的第二階段。

兒子七歲那年，阿健根據戶籍所在地所頒佈的《非學校型態實驗教育實施辦法》，擬定一份兒子在家自學的計畫書，交付承辦單位核准。

他不讓兒子去學校上學。兒子讀書識字的成長教育，由他一手包辦。

他也不准兒子外出。兒子的作息範疇被局限在住家內，全然斷絕了與外界的聯繫。

最後，他更找來工匠將兒子房間的窗戶封死，並裝設了從外上鎖的房門鎖。

如果有口無遮攔的親友來訪，他就會把兒子鎖在密閉的房間裡，以防兒子從親友的言談中，聽到不該聽到的內容。

「你把兒子的房間弄成這樣幹什麼？是在關犯人嗎？」

「請尊重研究計畫的契約規範。」

阿健制式地回答太太後，還是多打了一副房門鑰匙，交給太太保管。

那年夏天，阿健將創刊號到第四期的四本漫畫大王週刊，從樓上工作室的保險櫃裡取出，拿到住家來送給兒子。

「這些是目前最熱門最熱門的漫畫雜誌了。」

阿健得意洋洋地向兒子誇耀。

「都是最近這幾個星期出版的喔！你看印在封底翻頁的發行日：第一期是民國六十五年七月二十三日、第二期是民國六十五年七月三十日、第三期是民國六十五年八月六日、第四期是民國六十五年八月十三日。」

「民國六十五年八月十三日，那不就是今天嗎？」兒子問。

今天是今天，但是是三十年前的今天。

「是啊，第四期剛出爐還熱騰騰地，爸爸就幫你搶購來了，開不開心啊？」

這話的後半段不假。比起實體商店的商品，網拍商品的競標，也是空前激烈的。

「開心！」

不疑有他的兒子，雀躍三尺道。

其後，阿健如法炮製，依循他當年得到這些漫畫書的順序為兒子補齊：大型機械人漫畫、小型機械人漫畫、大型超人漫畫、小型超人漫畫、少女漫畫……

拜阿健鼓勵所賜，兒子筆耕不輟，逐日在白紙上撰述一篇篇私密的漫畫札記，為編上編號的漫畫書書寫「名稱」、「取得方式」、「尺寸」、「定價」、「目錄」、「備註」等項目的吉光片羽。

也就是說，兒子從懂事起，就身處在阿健精心安排的獨特情境裡。

一個不知今夕是何夕、以為今夕是昨夕的情境。

阿健將自己與兒子的反應，都忠實地記錄在觀察札記上。周哥哥的研究團隊收到這些札記後，會再用質性研究軟體加以分析。

就這樣，徜徉在老漫畫書裡的兒子心滿意足、笑口常開；自我投射於兒子的阿健，則重溫了一次沒有缺憾的童年。

一個皆大歡喜的局面。

日復一日，年復一年。

時序躍入兒子十二歲那年的九月初。當月溽暑難當，高溫屢創新猷；阿健夫妻間的氣氛相形緊繃、對話益趨火爆；殃及池魚的兒子被鎖進房間的次數，也一天多過一天。
「你給我老實講！」
「講什麼啦？」
「你為什麼，要給兒子看那些三十年前的老漫畫？」
「我不是有說過嗎？這是兒童學習計畫的一部分啊。」
隱忍多時的太太選擇一次攤牌：
「你不要再扯謊了！那些老漫畫書根本不是為了讓他學習，而是為了誤導他，對不對？」
「妳在說什麼？誤導他什麼啊？」
「擾亂認知、混淆視聽，讓他誤認自己活在你小時候的那個年代啊！」
「什麼東西啊？沒這回事——」
「沒這回事？那麼，你為什麼不告訴他今年是民國一百年，而不是民國七十年呢？」
「——」
「你為什麼不把電視機搬回家，讓他看新聞節目呢？你為什麼不把手機、月曆什麼的拿回家呢？你敢嗎？」
「這不是敢不敢的問題。」阿健的聲音愈來愈小：「而是研究計畫的契約規範問題。」
「規範你個大頭鬼！你不要再拿研究計畫的契約規範當擋箭牌了！」
「妳冷靜一點好嗎？」
「你欺騙得了兒子一時，欺騙不了他一世！」
「——」
「你不敢的話，我現在就去開他房間的鎖，由我來告訴他實情！」
阿健鐵青著臉從客廳的沙發離座，一把拽住太太。
「妳這麼做，形同毀約！」
「你滾開！我不會再相信你了！」
「是真的！妳要是告訴兒子實情，我們這十多年來所領的計畫補貼金就會被全部追回。」阿健面色凝重：「這可不是鬧著玩的！」
此話讓太太騎虎難下。她嘖了一聲，甩開阿健的手。
「你真的太自私了！兒子以後的人生怎麼辦？他不是你的附屬品啊！」
「——」
「我也不是你的附屬品，我要回娘家了！」
太太吃了秤砣鐵了心，決定與阿健分居兩地，眼不見為淨。
阿健拗不過她。

「等到這一期的計畫執行屆滿，你就不可以再跟你那個周哥哥的研究團隊續約了。」

這是一週後，思念兒子的太太在電話裡提出的第一個回家的條件。

不再續約？那怎麼行咧？阿健沒出聲。

兒子不但要幫我治療童年的創傷，還要幫我治療青春期以及成年期的創傷呢。我這一輩子就靠他了。不再續約？萬萬不可。

「之後，你要一步一步地開導兒子，讓他一步一步地回到真實的世界裡來，絕對不能刺激到他！你做得到嗎？」

第一個條件都做不到，第二個條件，當然更做不到了。

阿健將電話話筒拿離頭部，啐了一口，再拿近話筒，說出他的違心之論：

「這兩個條件，我都答應妳。之前我所犯的過錯，也請妳原諒。」

他的緩兵之計奏效，太太喜極而泣。

「你說的是真的嗎？」

「真的。」

「不能騙我！」

「我不會騙妳的。」

「太好了——太好了——」

阿健靜待話筒彼端的哽咽聲遞減。接著，便傳來太太精神飽滿的聲音：

「明天下午，我就回家。」

就因為太太預告在先，所以第二天下午當家門鈴響起時，阿健才會鬆懈心防，首度讓兒子去應門。

多年來，只要家門鈴一響就會被阿健鎖進房間裡的兒子，等這一刻也等瘋了。

「媽媽！」兒子邊叫邊拉開家門栓。

門外站的並不是太太，而是一個中年男人，阿健想再將兒子驅離，為時已晚。

「阿健！認不出我了嗎？」

中年男人熱情四溢，對著向玄關走來的阿健敞開雙臂。

鬈鬈的短髮、單眼皮、蒜頭鼻、菱格襯衫、吊帶褲、啤酒肚、一雙象腿、胖乎乎的身材——

阿健挖掘著記憶。這是誰啊？是我認識的人嗎？

他對中年男人搖搖頭。

「天啊，你真的認不出我了。我是許肥，許家育啦！家庭的家、教育的育啦！」

久別未見的小學同學喧嘩道。阿健有如被當頭棒喝：

「啊？你是許肥？」
「你不會忘記我了吧？」
「忘記？我化成灰都忘不了你。」阿健一手搭在兒子肩上：「只是三十年不見，你的樣貌也變太多啦。」
「哈哈，你自己還不是老了？」
「你怎麼會知道我家地址呢？」
「哎呀，這年頭有網際網路，不像我們當年，要找人很容易的啦！這位小帥哥是你的公子吧？」
阿健點頭，對兒子道：
「去廚房幫許叔叔端盤水果來。」
「你手機老不開，我聯絡不到你，就不請自來了。」與阿健分坐沙發兩端的許肥說完，手持水果刀，從放在茶几上的瓷盤裡抓出一顆柳丁，縱切成六等分。
阿健正苦思著如何打發許肥走，沒有答腔。
「無事不登三寶殿。」許肥往嘴裡塞了一片柳丁：「我那寶貝兒子要結婚了。」
「你兒子？你兒子多大了？」

「二十四歲；我十八歲就生他了。」

「你們父子倆都很早婚嘛。」

「緣分到了，就不要再拖拖拉拉啦。」許肥往手掌心吐柳丁籽：「擇日不如撞日。下個月八號星期六晚上，你有空嗎？」

「十月八號？嗯——可能有吧。」

「什麼叫『可能有吧』？我是看在老同學的交情上，親自來邀請你耶！而且，我也得先統計好出席婚宴的人數。」許肥放下水果刀，從褲袋掏出手帕擦嘴：「就這麼說定了。那就算你一個囉！」

阿健正要推托，兒子不知道什麼時候已經挨近沙發扶手坐下了。

「你進房間裡去。」

阿健驅趕兒子。許肥攔阻道：

「這有什麼關係，就讓他坐在這裡，一起聽聽我們一些老同學的近況吧，你應該都不知道吧？」

「——我是都不知道。」

許肥自己，在南部的一間化學工廠裡擔任經理。

「我只不過是在江河日下的傳統產業裡混口飯吃，不足掛齒啦！」他謙稱道。

大矮呢，在美國取得物理學博士學位後，留在長春藤聯盟的大學裡教授流體力學，目前是與美國國家航空暨太空總署合作的好幾項研究案的主持人，以及好幾種頂尖學術期刊的編輯委員。

「我只能說，他真的是深藏不露啊！」許肥說。

二矮施展他遊走在兩種性別間的優勢，近年來，活躍於海峽兩岸的娛樂與時尚彩妝業。

「上個星期，他還在夜店裡與人爭風吃醋，被圍毆而臉上破了相，新聞鬧得很大呢！」許肥說。

「小矮與鞭炮呢？」阿健問道。

「他們兩個都失聯了，不知所蹤。」

「是喔？」

「至於你念念不忘的麻花辮班長呢——」許肥吊胃口地說。

「我沒有對她念念不忘好不好？是你對她念念不忘吧？」

「至於我們都念念不忘的麻花辮班長呢，就令人失望了。她唸高二那一年先上車後補票，嫁給年紀大他一輪的企業小開。」

「先上車後補票？」阿健詫異不已：「她不是好學生嗎？怎麼會做出這種事？」

「誰知道？一時鬼迷心竅了吧。五年後，先生外遇，她離了婚，獨力撫養兩個女兒至今。聽說她看起來，就像是一個已經五十幾歲的歐巴桑了。」

「怎麼會這樣——」

「怎麼樣？你應該作夢也想不到，當年又是模範生、又是萬人迷的她，會有這麼戲劇性的人生吧？」

「五十幾歲的歐巴桑——」阿健不勝唏噓：「的確是想不到。」

「說到麻花辮班長。」許肥又吞了一片柳丁入口，繼續對阿健道：「你還記得小學六年級時，我們兩個為了她比漫畫決鬥的事吧？」

「我要是忘了的話，我的名字就倒過來寫了。」

「記得我到你家決鬥的那天是星期六，我還在你家吃了柳丁。」許肥肩膀一垂，上半身埋進沙發椅背：「三十年後的今天，我又到你家，又是個星期六，我又在你家吃了柳丁。」

「還真是無巧不成書啊！」

「三十年前，星期六還要上半天課、半天班，不像現在是週休二日呢。」

「時代在進步嘛。」

阿健虛應著。他怎麼想，都想不出打發許肥走的法子。

「本來那場決鬥我是一點勝算也沒有的。天知道你爸爸那天早一個鐘頭下班回家，搶先一步，把你的漫畫書全賣給收破爛的了。」

自己的傷疤，又被許肥這程咬金給揭開了。

「賣光了也好。現在回想起來，那些漫畫書的內容可以說是既幼稚又膚淺。」許肥望向阿健的兒子，哪壺不開提哪壺：「時過境遷，現在都已經是民國一百年了。新世代的小孩，像弟弟你啊，都已經在玩什麼電腦線上遊戲了對不對？哪還會留戀那些三十年前的老漫畫啊？我還記得幾本書的書名呢，什麼《漫畫大王週刊》呀、《無敵鐵金剛》呀、《鐵霸王》呀、《微星小超人》呀、《無敵金剛009》呀。對弟弟你來講，都是些老掉牙的古董囉！」

言者無心，完全不知道這段話的殺傷力有多強。驟然間，一個小男孩的世界風雲變色、天旋地轉——

許肥也不知道，這段話是他吃完柳丁離開阿健家後，阿健父子爭吵而反目的導火線。最終，釀成了無可挽回的逆倫悲劇——

無法預見這些的許肥又向阿健說著：

「我還記得決鬥那天，你看你爸爸時的眼神。我就直說了吧，簡直就像是要殺了他似的。」

沙發微微震動著。阿健知道，是兒子在抽搐所引起的。

「幸好，最後你還是忍下來了，沒有真的對你爸爸動手。要不然，你可就鑄成大錯啦！」

阿健半張開嘴，免得讓自己的唇齒因沙發震動而互咬。

「你說對吧？阿健。不，我應該稱呼你的全名，方志宏先生！」

※參考資料：吳四維，創傷後壓力症候群（PTSD），http://srv5.mlsh.mlc.edu.tw/~guidance /e-paper/18/950620-3.ppt

第三屆「島田莊司推理小說獎」決選入圍作品評語

（本文涉及謎底與部分詭計，請在讀完全書後再行閱讀）

日本推理小說之神／島田莊司

看了經過翻譯的本作品，聽取了其他評審的意見，認為本作品在閱讀上，最容易讓讀者進入情境，作者的文筆也十分流暢，事件的內容和人物關係的變化也最容易瞭解。而且，故事的新奇架構十分扎實，並巧妙地加以隱藏，充分呈現了這種類型的小說所追求的驚奇感。

喜歡漫畫的主人翁立志成為漫畫大王的目標，讓人覺得是一種輕鬆的興趣愛好，乍看之下像是普通的小說。作者在運用這些元素的同時，將整部作品分為奇數章和偶數章，從不同的角度，以立體的方式敘述故事的手法，呈現出大格局，顯示作者在著手創作之前，腦海中已經有一個完整的設計圖。

偶數章從方志宏這個人物的視線，奇數章則是站在阿健的角度出發，由兩個人物分別描述作品中的風景，向讀者傳達故事的發展，這種小說的手法很人工化，也太追求技巧，然而，在本格推理這種特殊的文學形態中，這種手法並不少見。而且，書中角色所追求的，並不是嚴肅而偉大的目標，因此，即使作品稍微偏重技巧，也沒有破壞整體的自然印象，讓整個故事更通俗易讀，感覺不像是推理小說，這種平易近人的外表放鬆了讀者的警戒心，對欺騙讀者發揮了很大的作用。

兩個人物的名字不同，作者並沒有多交代彼此的關係，但讀者漸漸發現，兩者敘述的似乎是同一個世界，作者似乎希望讀者在閱讀過程中，將兩個人物產生重疊，漸漸聚焦。這種手法是初步的敘述性詭計，顯示小說中可能運用了這種手法。

作品更大膽地追求技巧主義，打破了以時間的先後順序敘述這種小說常見手法，從最終章拉開整個故事的序幕。母親對過度沉迷漫畫的丈夫和兒子心灰意冷，決定離家出走，但是，當她再度回到家中，發現丈夫倒在家中，身上插著刀子。家中只有兒子，但他被遭到殺害的父親關在房間內，而且房間從外側鎖上，他無法刺殺父親。

孩提時代的阿健有父親，現在的方志宏有兒子。阿健的父親，和身為父親的方志宏都沉迷漫畫，兩個兒子也都受到父親這種偏頗性格的很大影響。這兩個圖形像是跨越時空的相似形，在在顯示這部小說是一部宛如設計圖般的文學作品。

這兩個圖形猶如超越時空形成的同一張正片所產生的投影，作者的構思始終未脫離這個重大的事實，隨時等待充分加以運用。如果讀者不慎忘記這一點，就會落入作者的圈套。這種力學結構成為本作品的中心骨幹。

方志宏不斷地回憶少年時代，不斷地後悔自己當時做出了錯誤的判斷，採取了錯誤的行動。雖然他已經結婚、生子，但他認為如果沒有在小學時代發生那場悲劇，沒有在人生的初期階段跌倒，他的人生將會更加美好。

少年時代的阿健受到喜歡漫畫的父親影響，完全沉浸在漫畫所帶來的樂趣之中，他蒐集了大量漫畫，向同學炫耀自己的豐富收藏。但是，在蒐集漫畫這件事上，他有一個強力的競爭對手許肥。因此，他們討論後決定用各自的藏書量一決勝負，也約定了較量的日期。比賽當天，許肥將帶著他的漫畫藏書去阿健家。

但是，到了比賽的重要日子，阿健一回到家，發現母親因為他太沉迷漫畫而離家出走，父親把他心愛的漫畫全都賣給了二手書店。阿健在盛怒之下，對父親做出了悲劇性的行為。這起事件對他造成了極大的精神創傷，也就是所謂的創傷後壓力症候群，極大地扭曲了他之後的人生。少年無法掌握事件整體的狀況，即使在成年之後，仍然無法回想起記憶的細節。

在偶數章中，方志宏談論著努力過正常人生的自己，於是，讀者漸漸可以從中推測和瞭解，原來方志宏和阿健是同一個人，一個從孩提時代的角度，另一個是從成年後的角度看待人生，所以兩者敘述的角度不同。

不久之後，方志宏和成年後的許肥重逢，開始具體回憶孩提時代的那起事件。於是，方志宏和阿健終於合而為一，讀者也終於瞭解到，在決定誰是漫畫大王的重要日子，殺害了讓自己蒙羞的父親的問題少年，在案發當時的情況和成長後的身影，作品一開始出現的刺殺事件，正是當時少年阿健殺害父親的極其兇惡的行為。

但是，讀者在接受這件事的同時，卻遇到了一個難以突破的難題。兇手阿健在父親死亡時，被關在從外側鎖住的密室內，這個事實成為一道堅固的牆，擋在真相面前。這樣的架構不失為高度而巧妙的佈局，值得肯定。

然而，作者精心策劃的最終震撼，並不是方志宏和阿健是否為同一人，而是盛怒之下失控的兒子殺害父親這個現實本身。作者將讀者的注意力誘導向其他的方向，在正面舞台上，呈現了出人意表的複雜錯誤，作者這種大膽無敵的謀略相當精采，錯綜複雜導致的錯誤隱藏了真兇，讀者卻很難察覺作者試圖隱藏的意圖。

當然，本作品也有不足之處。本作品和日本推理作家折原一先生的作風十分相似，對已經熟悉這種創作手法的日本推理讀者來說，這種精心設計的架構也淪為某種固定的模式，也許並不會產生太大的驚喜。

作者試圖將兩組父親和兒子之間的親子關係對照成類似的情況，並避免將少年描寫成有精神障礙的部分，都顯得略微牽強。沒有過度渲染密室的手法，有助於誤導讀者，但作品一開始的阿健密室，又似乎顯得太簡單了。

除了這位作者以外，我還想對所有華文創作者提幾點建議。我個人認為，范達因之後的本格推理創作，具有對固定模式有反覆依存的傾向，為了擺脫腳步漸近的停滯時代，不妨考慮將創作的構思回歸愛倫坡的原點。

當從這個角度思考時，就會很自然地認為，必須和愛倫坡一樣，需要結合當代最新的科學，於是，必定會得出「二十一世紀本格」這種方法論，但我並沒有認為二十一世紀型本格推理的方法論，是凌駕於所有創作的手法。

既然認為作品中需要結合二十一世紀的科學新知，就應該勇敢地貫徹，才是最理想的判斷，但是，在最近的應徵作品中，經常有作者將舊世紀型的科學知識誤認為是新世紀型，或是試圖包裝成最新、最尖端的科學新知，難免令人感到牽強，也希望日後不再有類似的情況發生。當然，必須在此聲明，身為評審的我，並非只對二十一世紀型的作品，才會給予肯定。

《我是漫畫大王》也試圖主張主人翁在小學時代承受的精神創傷，是創傷後壓力症候群這種嶄新的尖端科學，但其實這是在上一個世紀就已經廣為人知的科學知識，因此，本作品的優點反而來自於沒有採取二十一世紀型的方法論。

包括精神創傷在內的諸多非推理、且平易近人的元素，使本作品通俗易懂，讓以為是非推理小說而繼續往下看的讀者，完全沒有意識到其中巧妙地隱藏了本格推理小說的驚人詭計，因而突顯了本作品的優秀。

我個人在評審投稿的作品時，即使作品沒有結合最新科學知識，也努力以公平的態度評價作品的優點，因此，強烈希望日後不會在其他作品中，見到類似的牽強。

第一屆【島田荘司推理小説獎】決選入圍作品

首獎
作品

虛擬街頭
漂流記

寵物先生—著

在這個虛擬幻境裡，所有的感覺都只是假相！只有眼前那具蒼白的軀體，是唯一的真實……

冰鏡莊
殺人事件

林斯諺—著

陷阱，你或許可以逃開；但，精心編織的謊言呢？

快遞幸福
不是我的工作

不藍燈—著

這不是阿駒第一次快遞情歌，但肯定是最驚駭的一次！

第二屆【島田荘司推理小説獎】決選入圍作品

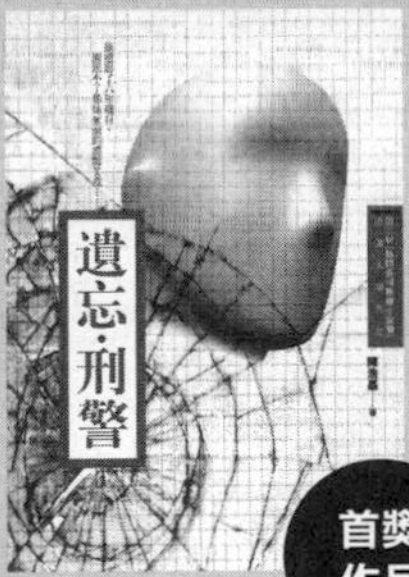

首獎
作品

遺忘·刑警

陳浩基—著

他遺忘了六年歲月，卻忘不了那抹死前的濃豔笑意……

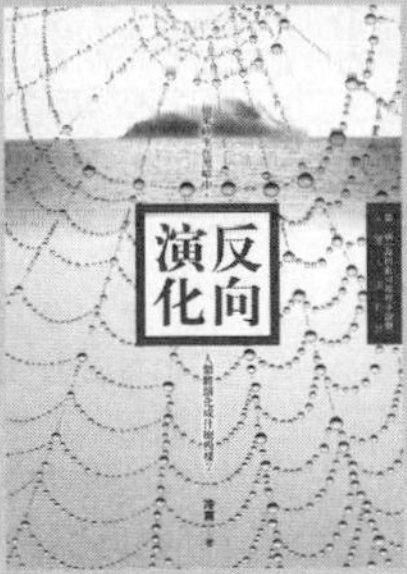

反向演化

冷言—著

如果終生在黑暗中，
人類將演化成什麼模樣？

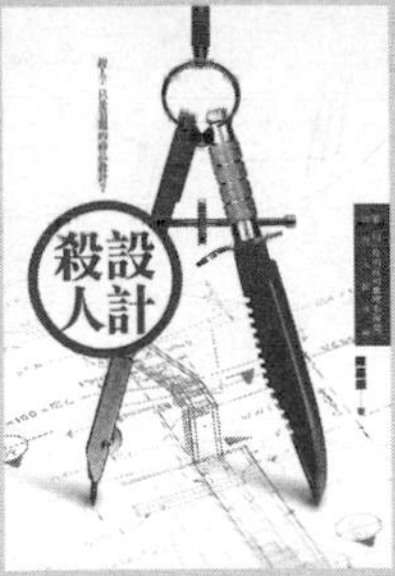

設計殺人

陳嘉振—著

殺人，
只是另類的商品設計？

國家圖書館出版品預行編目資料

我是漫畫大王 / 胡杰著. -- 初版. -- 臺北市：皇冠, 2013. 9 [民102]. 面; 公分. --(皇冠叢書; 第4338種) (JOY; 158)

ISBN 978-957-33-3021-9 (平裝)

857.7 102016799

皇冠叢書第4338種

JOY 158

我是漫畫大王

作　者—胡杰
發 行 人—平雲
出版發行—皇冠文化出版有限公司
台北市敦化北路120巷50號
電話◎02-27168888
郵撥帳號◎15261516號
皇冠出版社(香港)有限公司
香港上環文咸東街50號寶恒商業中心
23樓2301-3室
電話◎2529-1778　傳真◎2527-0904
責任主編—盧春旭
責任編輯—徐凡
美術設計—王瓊瑤
著作完成日期—2013年2月
初版一刷日期—2013年9月

法律顧問—王惠光律師

讀者服務傳真專線◎02-27150507
電腦編號◎406158
ISBN◎978-957-33-3021-9
Printed in Taiwan
本書定價◎新台幣250元/港幣83元